◆◆ 中国文学名家小小说精选丛书

玫瑰送给谁

谢林涛　著

江西高校出版社

JIANGXI UNIVERSITIES AND COLLEGES PRESS

南　昌

图书在版编目（CIP）数据

玫瑰送给谁 / 谢林涛著 . -- 南昌 : 江西高校出版
社 , 2025. 6. -- (中国文学名家小小说精选丛书).
ISBN 978-7-5762-5580-5

Ⅰ . I247.82

中国国家版本馆 CIP 数据核字第 2024HL5023 号

责 任 编 辑　杨先凤
装 帧 设 计　夏梓郡

出 版 发 行　江西高校出版社
社　　　 址　江西省南昌市新建区工业二路 508 号
邮 政 编 码　330100
总 编 室 电 话　0791-88504319
销 售 电 话　0791-88505090
网　　　 址　www.juacp.com
印　　　 刷　鸿鹄（唐山）印务有限公司
经　　　 销　全国新华书店
开　　　 本　650 mm×920 mm　1/16
印　　　 张　13
字　　　 数　160 千字
版　　　 次　2025 年 6 月第 1 版
印　　　 次　2025 年 6 月第 1 次印刷
书　　　 号　ISBN 978-7-5762-5580-5
定　　　 价　58.00 元

赣版权登字 -07-2024-978

CONTENTS
目 录

玫瑰送给谁

145/ 第四辑　谢炬梦书

第一辑

美好瞬间

◀ 捷　径

　　深圳湾公园绿道，晚上八点左右。一个小时前，下了点小雨，这时绿道上游人不多。

　　"嗨！"一个美女悦耳的声音。

　　我回转头。

　　路灯下的她，脸色红润，气喘吁吁："请问，深大青年旅馆怎么走？"

　　我瞅瞅美女手上握着的手机，不说话。

　　"电没了，关机。"美女扬扬黑了屏的手机。

　　"才来深圳吧？那你可得小心了！"我表情夸张地瞪眼看着她，"大晚上的，你一个二十来岁的美女，人生地不熟，迷了路可真要命。"

　　"嘻嘻，没那么严重吧？我相信深圳！"

　　"嗯，跟我走吧。"

　　最近的公交站，走大道的话，离这段绿道有好几百米。还可以走一条横穿公园的小径，路程至少短一半。我不想绕道，走了小径。

小径两边是高大的树木。树木茂盛的枝叶在昏黄的路灯下投下团团黑影。大都市的喧嚣消失了。虫鸣唧唧。"噗！"头顶上，受惊的鸟儿突然飞起。

"啊！"美女轻轻叫了一声，往前猛蹿两步，下意识挽起了我的手臂。

终于，我们穿过了黑暗的林子，走在光明的大道边。

我扭头看美女。她的脸上，早已香汗淋漓。

美女用力甩开我的手，瞪我一眼："看什么看？你是故意走小路，吓唬我吧？"

"嘿嘿，谁不想走捷径？"

公交站到了。美女上了公交车后，又飞快地跳下来，追上将要离开的我。

"大哥，谢谢你今晚的陪伴！我想告诉你，你打开了我两年来的心结，让我相信，可以信赖的好男人还有。"公交站明亮的灯光下，美女的脸红得愈发好看。她快言快语噼哩啪啦一通后，把手伸向我："有名片吗？或者你加我微信？"

我自然很乐意加她的微信。

◆ 大 雁

　　谢九在高空中跨步行走。高空跨步，自由自在。谢九认准了方向，笔直向前，走得飞快。

　　向北向北。大地回春，许多在南方越冬的候鸟正纷纷迁向北方。好多次，好奇的鸟儿与谢九并列同飞。起初，它们与谢九若即若离。它们不能确定谢九会不会把它们当朋友。

　　谢九向鸟儿们热情地打招呼：你们好啊，亲爱的同伴们，我们一起回故乡！

　　你好！你好！鸟儿们啾啾回应。它们的胆子渐渐大起来，有些甚至落在了谢九的肩膀上，偷起了懒，把谢九当成了空中巴士。

　　偶尔会有一朵热心的白云钻到谢九脚下。谢九累了，就坐在白云上休息一会儿，和肩膀上的鸟儿说说心里话。

　　从日出到黄昏，谢九不知道自己走了多远的路。前方地面上，群山环抱中，出现了谢九最熟悉的村庄，最熟悉的房屋。谢九放慢速度，渐渐降低高度。刚刚好，在最最熟悉的房屋前，谢九落到了地面上。

　　房屋的大门口，一个老妇人倚杖而立。

　　"奶奶！"谢九轻轻地叫了一声。

　　奶奶没有答应。她抬头久久望着天空，口里喃喃自语："嘿，天气暖和了，大雁又飞回来了！大雁又飞回来了！"

◀ 一个梦
....

　　小车开进了老家简易泥土公路，像是在风浪里穿行的小船。到家了，就要到家了。我紧绷的心弦放松下来，上下眼皮终于紧紧地粘连在一起。

　　我和三哥在海边玩。平静的大海突然起了凶猛的风浪。凶猛的风浪卷走了一个也在海边玩的小女孩。

　　我踢掉鞋子，正要冲进大海，去救那个不幸的小女孩。三哥一把拉住我。

　　"莫傻，风浪这么大，你不但救不了人，自己还会白白送死。"三哥凶巴巴地对我喊。三哥很少凶我。当他意识到不该这么凶我时，马上转而安慰我："放心，小女孩不会有事的。"

　　小女孩果然没有事。仿佛风浪只是邀请她跟自己嬉戏玩耍。很快，她又被风浪送回岸边。三哥踢掉鞋子，冲进海里，抓住小女孩，奋力一拉一推。小女孩回到了岸上。

　　我抱起小女孩，她"哇"的一声大哭。哈，还能哭就好。

三哥没有紧跟着小女孩上岸。当他用力推女孩时，惯性给了风浪死死拥抱他的机会。三哥不惧风浪，更大的风浪便想给他点颜色看。风浪时而把三哥完全摁于水里，时而又让他露出一个黑黑的头顶。

　　可恶的风浪折腾厌倦了，才把三哥送回岸边。

　　我扑向三哥。三哥的脸上带着笑容，仰面静静地躺在沙滩上，眼睛一动不动地看着碧蓝的天空。

　　我惊恐地看着一动不动的三哥，沙哑着嗓子喊："三哥，你累了吗？累了吗？我们回家吧！"

　　我的上下眼皮倏地分开，猛然清醒。我摇摇脑袋。还好，我只是做了一个噩梦。

　　几乎同时，我的目光透过小车的窗户，我看到了村口蜂拥而来的乡亲，看到了他们拉着的横幅："欢迎英雄回家！"

◀ 西瓜碎了
·······························

　　秀兰是我的初中同学。

　　秀兰不多话，爱笑。

　　我跟秀兰邻座。确切地说，她坐在我同桌的前面，我坐在她的侧后方。秀兰笑时，圆圆的脸上，一边一个酒窝。有时，我会看着那两个酒窝发呆，直到酒窝渐渐消失。这样的酒窝里，如果真有酒，会是什么滋味？正当我胡思乱想时，秀兰突然一扭头。她的眼里，电光闪闪。我的脸唰地红了。天啊！这丫头，难道后脑勺也长了眼睛？

　　秀兰成绩不错，可是，初二下学期，她却退学了。秀兰坐过的位置，空了许久。班主任老师舍不得她，几次去她家做动员，次次无功而返。

　　再见秀兰是在一年半后。那天，我去乡里赶场。一个不大的西瓜摊前，我的目光突然与一个齐耳短发圆脸的女孩目光相撞。我一下子仿佛被看不见的神仙施了定身法，整个身体完全僵硬了。

齐耳短发圆脸的女孩先是一怔，紧接着脸上的笑波荡漾出两个深深的酒窝。女孩咯咯笑着，笑得身体打战，双手抬起捂住脸，身子迅速蹲下去。

是秀兰。过去，看多了她笑，却从来没见过她如此忘情地笑。

秀兰终于笑够了，抬脸看我。我看到她脸上滚动着晶莹的泪珠。

秀兰抱起一个圆圆的大西瓜站起来，把西瓜递给我。我没接，伸手去裤袋里掏钱。可是，我的裤袋里没有买西瓜的钱。

"送给你的，傻瓜！"秀兰用抱着的西瓜撞了我一下，言辞不容拒绝。

我还是没有接西瓜。秀兰再用西瓜撞我时，失了手。西瓜掉在了地上，啪的一声，四分五裂。

"对不起！"说完这几个字，我落荒而逃。

后来，我再也没见过秀兰。

◀ 小黑的生日

傍晚时分，雪峰山下，农家小院。

猛子蹲下，对无精打采趴在地上的小黑说，小可怜，今天是你的生日，没有人祝你生日快乐，对吧？

小黑仰头看着猛子，眼神迷茫。

猛子拍拍小黑的脑壳，起来，你今天过生日，要蹦蹦跳跳才对。

小黑张张嘴，没有发出声音，随即低下头，目光转向小院大门。

今天是你的生日，你怎么可以不高兴呢？我唱歌给你听吧。

祝你生日快乐，祝你生日快乐哦，祝你生日快乐……

猛子反反复复唱着生日快乐歌，双手绕成环状，轻轻搂着小黑的脖子。猛子唱歌的时候，目光方向跟小黑的高度一致，死死地盯着小院大门。唱着唱着，猛子的嗓音哑了。

猛子不唱歌了，双手轻轻地揪着小黑的两只耳朵。小黑，狗狗，我的宝贝！如果妈妈回来，你还认得她吗？可不许凶她哦！

小黑微微点了点头。

天黑了，奶奶喊猛子去关小院的大门，大声喊了几次，猛子就是听不见。

一年前的今天，刚刚满月的小黑是妈妈送给猛子的生日礼物。那天，他真高兴！那个生日，他真快乐！

◀ 贵 人

　　老同学阿峰来看我。我跟他说起昨晚的一个梦。

　　一天，我走路回家。天色渐暗，离家却还很远。

　　不知不觉，一片高耸的悬崖堵住了去路。我小心地攀岩而上。接近崖顶时，手却再无树枝藤蔓可抓。我悬在空中，前进不能，后退不得。

　　正当我精疲力尽万分沮丧时，崖顶上出现了一个人。他低头对我说："往这边来，我拉你。"

　　梦到这里结束了。

　　阿峰见我不再往下说，问我："那人把你拉上去了吧？"

　　我摇摇头，笑着说："不知道。"

　　"来，把手给我！"阿峰突然用力握住了我的手。

◂ 姆 妈

我看到一个最熟悉不过的背影，姆妈的背影。

姆妈风风火火，走得飞快。我想追上她，牵住她的手，和她相依而行。

我却总是追不上她，只好在她身后大喊："姆妈！"

姆妈答应着我，却没有回头。

"满，快回去，冇要跟着我。"

原来姆妈早就晓得我在追赶她。可为什么她不肯慢下来等我？

"姆妈，等等我，你要去哪里？"

姆妈不再搭理我，蹬蹬蹬，步子踩得更快。

一个转弯，姆妈不见了。

姆妈不让我追上她。我很失落，很苦恼。

我对着无人的前方大喊："姆妈！"

梦醒。亮灯。姆妈在对面墙上的镜框里，慈祥地微笑。

◀ 止　血

他闭上眼睛。幸福的感觉，如半山腰的清泉，叮叮咚咚，跌入深潭，欢快回旋。

给！她抬起右手，食指横着紧贴他的嘴唇。他微微张开口，轻轻咬住。

唾液可以止血、消毒，他说。

他心疼地看着她，双手想要去捧起她受伤的手，却在半路上打住了。

呀！她一声尖叫，嘴里丝丝吸着凉气。右手食指上，鲜红的血冒出来。

一片锋利的叶子，在她莹白如玉的纤指上割了道不深不浅的口子。

真是木头脑壳！她嗔骂他，右手用力去扯掩护他们的一株茅草。

约我来这里干啥？你不怕毛毛虫了？不怕蜥蜴了？

他睁开眼睛。眼前的她，低着头，双眼微闭。他仍然轻咬着她的纤纤玉手。他抬起双手，大胆地捧起她那张像熟透了的苹果一样的脸。她高仰着头，眼睛悠然睁开，热辣辣地看着他。轻轻地抽出被他咬住的手指，她身体前倾，轻启红唇。他的嘴唇解放了，迎向她的唇。

她和他，都微闭双眼。

他和她，幸福的感觉，如半山腰的清泉，叮叮咚咚，跌入深潭，欢快回旋。

◀ 青蛙王子

看到他最初的一瞬，她吓得不轻，跳起老高。

夜深人静。青蛙的鸣声，牵引着她离开灯光明亮的大路，越过栅栏，沿着幽暗小径，进到社区小公园深处。

"呱呱……"洪亮的蛙鸣不是来自脚边池塘，却突然在她耳边响起。

"啊！"她一声惊叫。

"别……对不起，开个玩笑。"他怕再吓着她，赶紧移动脚步，走到池塘边明亮处的长椅上坐下。

橘黄色灯光下的他，穿着一身草绿色休闲服，微笑着看着她。

她突然对他有了一种似曾相识的信任感，心情很快平和下来。

"嗨，你这个人，没事学什么青蛙叫，吓死我了！"

"我猜你喜欢，否则，你也不会这么晚了还来这里。"

"我是喜欢真青蛙的鸣声，不是喜欢你这个假青蛙呱呱乱叫！"她装出几分生气的样子，用力剜他一眼。

"哈哈，你一定听过叶公好龙的故事。世人都笑叶公，其实笑的又何尝不是自己。"他站起身，快步隐于树丛中的阴暗处。

　　"扑通"，一声巨大的水响。高楼柔软席梦思上的她，从睡梦中惊醒。耳边，隐约传来青蛙的鸣声，"呱呱""呱呱"……

　　"青蛙王子，阿成，是你吗？"她喃喃自语。

　　阿成是她大学时的同学，也是她曾经的恋人。阿成的身上，泥巴味儿，青草味儿浓。那时，她闻着很舒服，笑话他是青蛙王子。毕业后，阿成回老家养起了牛蛙，带动乡亲致富。她则留在都市，过上了惬意的小资生活。

◀ 一条狗的忧伤

黑子一摇一摆，慢慢悠悠从我的身旁走过。我吹响口哨，它没回头。

隔壁包子铺家的门关着。黑子举起前爪刨门，一直刨，一直刨。一个保安恰好走过。他掏出手机，给包子铺的老板娘打视频电话。

"你家的狗还没拴绳吗？有人投诉呢！再不拴我就通知城管来捉了。"

"哦，你说的是那条被主人抛弃的小黑狗吗？我女儿老惦记着它。我们的铺子关门了。真后悔，我们没把它一起带回老家。请您手下留情，放它一条生路。拜托！"

包子铺的女儿阿丽妹，患过重病，十岁了，不会说话，也不会走路。一天，她正坐在屋外的台阶上，一边吃自家做的肉包子，一边晒太阳。黑子犹犹豫豫走到她身边，抬头看着她，卖力地摇着尾巴。阿丽妹眼皮一眨不眨地看着黑子。她嘴巴不会说话，眼睛会说话。我仿佛听到她在问："小狗狗，你是要跟我交朋友吗？"

黑子也不会说话，只是更卖力地摇着尾巴。阿丽妹脸上乐开了花。她把才咬过一小口的肉包子都给了黑子。

黑子吃完包子，咂咂嘴，静静地趴在阿丽妹身边。

我第一次对黑子吹响口哨时，它也卖力地摇过尾巴，并试图蹭我的腿。我担心它身上有虱子，大声呵斥他离我远点。

黑子与阿丽妹成了好朋友后，活泼的天性展露无遗。它做出各种逗阿丽妹开心的动作：翻跟头，回头弯腰咬自己的尾巴，一蹦老高扑蝴蝶等，阿丽妹看得嗯嗯直笑。

包子铺家的门还是关着。黑子举起爪子刨门，一直刨，一直刨。我再次吹响口哨，想转移它的注意力。它看也不看我一眼。

◀ 我被幸福闪了一下腰

救命啊！救命！

一个女孩凄惨的惊叫声，吓了我一跳。

我使出吃奶的力气，猛扑向险情发生的地方。

一个女孩骑在一条长凳上，花容失色。

哪里有险情？我看不出来。女孩的一只脚半陷进松软的沙土里，正常，没危险。骑着的长凳也没什么问题。我正纳闷，女孩含泪的眼睛看我一眼，赶紧扭头。女孩举起纤纤玉手，朝着另一个方向喊：

大伟哥，快来救我！

这时我总算弄明白了，女孩纤纤玉手的一根手指，原来是被长凳上的木屑扎了，浸出一点点红来。

我转身离开时，抽了自己一嘴巴。真多事！

◀ 喵喵小姐

许多时候，陪伴小男孩的是喵喵小姐。

小男孩不到一岁时，有次半夜发高烧，脑子给烧煳了。以后，他一直不会走路，也不会说话。

快十岁了，小男孩还整天坐在底板装有轮子的竹椅里。

他会笑，脸上却很少有笑容。直到有一天，喵喵小姐来到他身边。

喵喵小姐竖起尾巴，弓着身子，蹭他干柴一样的小脚杆。他咯咯笑出声来。

喵喵小姐抬起头，直起腰，伸出舌头舔他的小手。他越发笑得大声。

这以后，小男孩有好吃的，自己不舍得吃，总要留给喵喵小姐。

"哎哟，该死的虱子！"有一天，正在忙乎的奶奶突然高声大叫。

小男孩吓了一跳，喵喵小姐也吓了一跳。

第一辑 美好瞬间

"是你，一定是你！该死的野猫，把虱子带到我们家！"奶奶扬起手中的扫帚，愤怒地扫向喵喵小姐。

"喵呜"，喵喵小姐发出一声凄惨的哀鸣，跳开了。奶奶的扫帚扫在小男孩坐的竹椅上。竹椅倒了，小男孩哇哇大哭。

流浪猫喵喵小姐的名字是我取的。我曾经尝试着轻轻呼唤它，它以相当温柔的嗓音回应我。

我跟小男孩一家是邻居。后来，我似乎再没听到小男孩咯咯笑过。

喵喵小姐，它再没有来过。

◀ 老 乡

到 S 城出差，顺道看望同乡文友阿成夫妇。

他乡遇故知，阿成夫妇盛情款待。席间，阿成高一声"主席"，低一声"主席"，向我敬了一杯又一杯。

阿成的妻子兰不喝酒，不多话，只是微笑着看着我们喝酒吹牛，偶尔会劝我多吃菜。

酒过三巡，兰端起茶杯，站起身。

"来，老乡，我以茶代酒……"

兰话未说完，被阿成打断："老大，你会不会称呼人啊？"

"哎，叫老乡就对了！"我慌忙站起来，差点弄翻座椅。

老乡，老乡……

谁在喊我？

酒杯在颤抖。我醉了。

三十多年前，我停薪留职在 S 城打了一年工。那时，许多工友以老乡互称。一个叫我"老乡"特别亲切的女孩，她的名字也叫兰，我至今还记得她。

　　老乡，老乡……

　　时光醉了。

◀ 吧 唧

兰的老公松吃饭总是吧唧响，这个中餐也不例外。

"猪啊，你！"兰狠狠瞪松一眼，咬牙切齿骂。

"我是猪，你不就是猪婆吗？"松嬉皮笑脸。

"真是死猪不怕开水烫！晚上聚餐时，你可给我注意点！饿鬼一样，丢死人！"兰扔下筷子，怏怏不乐地进了房间。

兰、松、竹，三人是大学同学。曾经，松爱着兰，爱得大大咧咧，地球人都知道。兰恋着竹，爱意却压在心底。梅兰竹菊，兰以为，兰竹结合，才是天底下最美的姻缘。阴错阳差，兰还是跟松结合了。

竹携妻葵远道而来兰松的城。老同学，接风洗尘，理所当然。

餐桌上，松与竹把酒言欢，好不快意。兰和葵则与他们形成鲜明的对比，彬彬有礼，微笑着柔声交谈。

"吧唧！"兰突然听到惊心动魄的一声脆响，脸倏地红了。她瞪一眼松。松的嘴巴闭着，正低头剥一只基围虾。兰再瞟一眼竹。好家伙，又是一声"吧唧"，松正大快朵颐。还好，这声吧唧没有再吓到兰。接下来，兰好像换了一个人，突然变得活泼开朗起来，欢声笑语不断。

饭罢，竹与葵回酒店的路上，葵对竹说："今晚你好奇怪，吃饭嘴里怎么发出那么大难听的声音？"

已有八九分醉意的竹摇头晃脑答："高兴呗！"

◀ 两个亲奶奶

左前方一百余米处，日寇的炮弹呼啸落地，轰隆一声，地动山摇。

"我的儿啊！"秋秋娘的哭喊撕心裂肺。

山洞里先是伸出几个人头，接着冲出一个跟秋秋娘年龄相仿的少妇。

"快，进山洞，孩子在你手上呢，一根毫毛没少！"

来人看着吓傻了的秋秋娘，伸手想要抱过孩子，秋秋娘却把怀里的孩子箍得铁紧。

"我的儿啊！"秋秋娘扭着身子，眼睛死死盯着刚才炮弹爆炸的地方，泪如雨下。

就在几分钟前，秋秋娘左右两手各抱着一个两三岁大的孩子，在山野狂奔。她大口大口喘着粗气，累得实在跑不动了，放下另一个孩子，继续狂奔。

多年后，有个小孩问自己的爸爸："爸爸，我怎么会有个城里奶奶，还有个老区奶奶？两个奶奶还都是亲的？”

孩子的爸爸红着眼睛答："是的，两个奶奶都给了我生命，都是亲的。"

◀ 项 链

他不知道，十多米外，一棵大榕树后面，她正悄悄地看着他遛狗。

狗的肚子上，突然挨了他狠狠一脚。

"混蛋！老子叫你不要捡路上的脏东西吃，你偏要捡！"

狗呜呜哀号，尾巴紧紧地夹在屁股下面。

狗肯定饿坏了，那么瘦，肯定早已饿坏了。狗想自己找点吃的填饱肚子，管它脏不脏。

她记得，清楚地记得，他这是第十次毫不留情地踢狗了。她突然感觉到肚子疼。钻心地疼。

她认识他时，他有一份薪水不错的工作。他说，你就待在家里吧，哪里也不要去，我养你，养得白白胖胖的。

狗是她坚持要养的。他上班去了，好有个伴。

三个月前，他所在的公司裁员，他的工作丢了。接下来，他找了几份工作，高不成，低不就，一直闲着。

她想出去找工作，他不答应。他开玩笑说，我若放你出去，你就一飞不回了。

后来发展到，买菜、遛狗，他都不让她去。

他是一个人回到住房的。狗在半途挣脱了绳子，跑了。

住房里，静悄悄。卧室的写字桌上，安安静静地躺着他送给她的钻石项链。

◀ 饭菜香

喊了三声，门终于开了。父亲顶着一头"雪"，低头接过他手里的大箱子，猛一使劲，拽进屋去。

他拍拍衣服上的灰尘，刚要抬脚进屋，"砰"的一声，门关上了。门扇狠狠刮了一下他的鼻尖。

他喊，再喊，高声喊。门就是不开。

难道父亲耳朵突然聋了？就算耳朵聋了，也知道他要进屋里去啊！

站累了，他一屁股坐在门槛上。父亲是怎样的性子，他心里清楚。很快，纷乱的思绪理出了头绪。

屋是老屋，比他年龄大得多。屋侧离地一米多有一个小小的木窗。既然叫不开门，那就只有冒一次险，从木窗爬进去。十多年前，他没少冒这种险。那时，他是一只瘦猴。这一次，长胖了的他，费了九牛二虎之力，总算成功。

屋内很暗，他跳进去，眼睛好久才适应里面的光线。迎面，

第一辑　美好瞬间

顶着一头"雪"的父亲正狠狠地瞪着他。

"小兔崽子，你还记得这个家啊！"

他嘿嘿傻笑着。

一阵熟饭热菜的味道钻进鼻孔。真香！他用力吸了吸鼻子。

"箱子里有好酒。"他向前一大步，张开双臂，用力箍住父亲微微颤动的双肩。

◀ 有故事的人

我注意她很久了。

深圳湾公园，一个少有人打扰的林子里。东边不远就是波翻浪涌的大海。

一只落了单的鸟，也许受伤了。

从早晨到中午，从中午到黄昏，她在一棵大树下坐着。屁股下面的石头，紧紧咬住她。她就这样与石头连在一起，不做丝毫挣扎。

我以她为中心，半径由 100 米到 50 米，溜达了一圈又一圈。

后来，我绕圈的半径越来越小。最后，我一屁股墩坐下去，跟她分享一块大青石。我和她之间的距离，只剩不到一米。

我坐下的同时，她倏地站了起来。真想不到，大半天没吃没喝的她，还有这个劲。

我看着她微笑，不说话。

也许是跟我较劲，也许是跟她自己较劲，也许，没有也许。

她一声不吭，又坐回原来的位置。

她的眼睛，红红的，肿肿的。果然是一只受了伤的小小鸟。

"妹子，我要死了，你想听听我的故事吗？"

"谁有心情陪你开玩笑！"她狠狠瞪了我一眼。

故事是现成的，一个被女友甩了的渣男，彻底省悟的代价是，不想活了。

她默默听完，问我："你想怎么死？"

我扭头："面向大海，春暖花开。"

"你混蛋！"她咬牙骂道，身子颤动了一下。骂完，她又倏地站了起来。毕竟年轻，她的身体里，还贮存着足够多重新开始的力量。我目送她走出林子，走向与大海相反方向的大路。

路灯，为她点亮。

我是公园的保安，今天休息。我跟她讲的故事，并非虚构。一年前，我就是个渣男。

◀ 康乃馨

女人挥舞着手臂，跺着脚，声音嘶哑："爆炸！快跑！爆炸！快跑！"

女人跺累了脚，坐在马路牙子上，继续挥舞着手臂，急切地叫喊。她的面前，是宽阔的马路，车辆有序往来行驶。天下平安无事。

女人坐在相同的地方，喊着相同的话，已经很久很久了。没有人再围着她看稀奇。

我也坐在马路牙子上，距女人不到十米。我是女人唯一忠实的看客。她不算精彩的重复表演，我百看不厌。

一对母女，从喊叫着的女人身边慢慢走过，从我的身边慢慢走过。女儿拥着头发斑白的母亲。母亲的怀里，抱着一束火红的鲜花。这花我认得，有个好听的名字：康乃馨。

"真可怜！"头发斑白的母亲走到我身边时，看看我，又回头看了眼女人，小声说。

我从别人的议论里，早就知道了一些事——关于女人的一些事。多年前，女人年仅20岁的消防员儿子，殉职于一次突发的爆炸事故。

　　头发斑白的母亲怀抱的火红康乃馨，红光久久在我的眼前晃动。这红光最终穿透了我身体里一条曲曲折折的黑暗通道，到达我的心脏。我感觉到身体在发烧，赶紧站起来，拍拍屁股上的灰尘。

　　十多分钟后，我走进一家鲜花店。

　　"给妈妈送花吧？"没等我开口，鲜花店的阿姨就热情地向我打招呼。

　　"嗯，母亲节快乐！"我边说边用力点头。

　　鲜花店的阿姨不知道我其实是个孤儿。多年前，一场火灾夺去我了父母的生命。一个年纪轻轻的消防员冒着生命危险，把我拧出火海。

◀ 这是一场战争

娟在饭桌上，轻描淡写地复述她的请战书。

一颗呼啸而来的流弹击中了我。"啪"，手中的饭碗掉落在地板上。强忍着巨大的疼痛，我捡起饭碗，走进洗手间，将小半碗弄脏了的米饭倒进马桶。

"妈妈，爸爸？"我们不到两岁的女儿，说话还不太利索。

我走进卧室，"砰"地关上房门，倒在床上独自疗伤。

门外，娟大声跟女儿交代，她要到武汉去打怪兽，宝贝乖乖待在家里，听爸爸的话。

"好啊，好啊！"女儿也大声应着。她一听妈妈去打怪兽就兴奋。"妈妈你要捉一个怪兽回来哦，我要说服它，跟它玩。"

娟敲了几次卧室门。我没有力气，更没有勇气打开。不知过了多久，我从卧室出来时，她已经走了。女儿独自玩着积木。她的旁边，立着一条闪着金光的孙悟空金箍棒。

叮咚，叮咚，叮咚……微信提示音，接二连三响起。

亲爱的，别生我的气嘛，这是一场没有硝烟的战争，疫情就是命令。实在太急迫，来不及跟你商量，请你原谅！

亲爱的，你难道忘了，我是人们眼中的白衣天使？

亲爱的，请给我力量。你的支持，对我很重要。

亲爱的，……

读着读着，我心中的疼痛减轻了。颤抖的手指在手机屏幕上笨拙地划动着。

你真狠心！

女儿这么小，万一你感染了，有个三长两短，我们怎么办？

算了，说再多也是废话。我不反对你"打怪兽"，不反对你往前冲。但你必须给我记好了，保护好自己，平安归来！

叮咚。娟憨笑，说马上出征，接着是一个胜利的剪刀手。

我赶紧献给她一枝火红的玫瑰，又补给她一个热烈的拥抱。

◀ 美好瞬间

      小镇东面相对偏僻的一座公园，六十年没有什么大变化，真是奇。六十年光景，人可没有这个能耐。所谓青春永驻，只不过是人们的美好愿望而已。

      总是在人少的傍晚时分，一个弯腰驼背的老男人，牵着满脸皱纹的老婆子，到公园散步。他们得地利，就住在公园旁边。走着走着，老婆子会突然挣开老男人的手，嘴里说着，我不认得你，你老是牵着我干吗？

      你看，你看，又说胡话了！我是你老伴啊！老男人无奈地摇摇头，再次伸手去牵老婆子的手。

      公园小路边，有一条供游人休息的石凳。此时，老男人努力挺直腰杆，独自坐在石凳上。老婆子在不远的地方站着。老婆子的手腕上，戴着一块老上海表。表是那时的英俊小伙，也就是现在的老男人送给她的定情物。当时针指到六点时，老婆子焦急起来。她倒着碎步，慌慌地走到石凳旁，绕着石凳慢慢地转了一圈，又转一圈。

温暖的霞光里，老男人微笑着，含情脉脉地盯着老婆子。

"你……你真傻！我都迟到三个小时了，你怎么还在这里？"老婆子说完，一头扎进老男人的怀抱。

◀ 爸爸是演员

璐璐的眼睛贼精。爸爸在电视上只现出一个侧影，她也能一眼就认出来。

"妈妈，快看，爸爸走进电视里去啦！爸爸还穿着警察叔叔的衣裳哩！"璐璐高兴地手掌拍得啪啪响。

妈妈刮了下璐璐笔挺的鼻子，笑着说："爸爸是演员呗。"

"那爸爸会成为明星吗？"璐璐歪着脑袋问。

"会的。"妈妈不假思索地回答。

半年后的一天，璐璐又在电视上看到爸爸。画面上，戴着墨镜的爸爸好酷。爸爸冲到一伙手握砍刀棍棒的人中间，高喊一声："不许动，我是警察！"

那伙人不听话，挥舞刀棍冲向爸爸。哼哈呵嘿，爸爸三拳两脚打趴下了几个对手。

"好棒！好棒！爸爸就要成为明星啦！"璐璐跳着叫着，拍红了小手掌。

璐璐刚喊完，爸爸的背上就被一个满脸络腮胡子的人狠狠砍了一刀，接着脑袋上又结结实实挨了脸上有刀疤的人一棍。鲜血染红了爸爸的脑袋和 T 恤。爸爸摇摇晃晃倒下去。

　　璐璐倒吸一口冷气，扭头去看妈妈。妈妈正在掩面抽泣，肩膀一耸一耸。

　　璐璐拿脸去蹭妈妈。璐璐说："妈妈，你哭什么呢？爸爸在演戏，没事的。"

　　刺耳的警笛声响起。跟爸爸打架的人一个个被赶来的警察叔叔铐上了手铐。爸爸很快被医生们抬进了救护车。

　　"走，我们快去看爸爸，爸爸被坏人打伤了。"妈妈抹了把眼泪，拉起璐璐飞快地跑出家门。

◀ 妈妈是骗子

国庆小长假，淑华带着四岁的女儿璐璐，从北京飞到南国S城，为璐璐的舅舅庆国庆生。

此时，S城海滨公园，游人如织。

一丈开外，一个黑衣汉子刚取下墨镜，璐璐指着他大叫一声："爸爸！"

淑华的目光顺着女儿手指的方向看去的同时，紧紧握住女儿伸出的手，顺势转了个弯。

"庆国！"淑华招呼距离数米远的弟弟。淑华的第六感觉里，黑衣男子那边，几双机警的眼睛正盯着她和璐璐。

"来了，来了！"庆国大声应和。不等庆国走近，淑华一把抱起璐璐，转身向庆国靠拢。璐璐挣扎着。淑华狠狠在她的屁股上拧了一把。璐璐痛得"哇哇"大哭。

"我们回去吧，璐璐有点不舒服。"淑华对庆国说。不等庆国搭话，淑华抱着璐璐急走。

第一辑　美好瞬间

"我要爸爸，我要爸爸！"璐璐拳打脚踢。庆国小跑着追过去。

回到舅舅家，璐璐还在抽泣着，捶打妈妈。

"宝贝，你认错人了，爸爸怎么会在这儿呢？"淑华弯下腰，亲了亲璐璐带泪痕的小脸蛋。

"那个黑衣人就是爸爸！我没认错！"璐璐大声嚷嚷。

"好吧，就算那人是爸爸，他戴着墨镜是不？那一定是在拍电影，我们不能打搅他的。"

"妈妈是骗子！"璐璐停止抽泣，声音也小了。

"姐夫几时改行了？"庆国笑着问淑华。

"还是老本行。"淑华轻声说完，竖起的右手食指按在嘴巴上。

璐璐已经大半年没有看到爸爸了。她还太小，妈妈不能告诉她，爸爸是警察——充满危险的缉毒警。

◀ 神秘礼物
·······················

　　一番缠斗后，大伟用力挣脱婆娘小凤紧箍的双手。他弯腰打开皮箱，捧出一个装衣服的袋子。袋子里折叠整齐的天蓝色毛线衣，是小凤七年前送给他的定情礼物。

　　"天冷，咋个不穿身上哈，嫌旧？"小凤塑料刀子般的目光，在大伟脸上狠狠刮了一下。大伟微笑着，不作声。这微笑小凤有点捉摸不定，心里突然咯噔一下。七年，七年之痒。想想刚才，久旱逢甘雨，她是多么迫不及待，不顾一切主动进攻，浑身不自在起来。

　　毛线衣展开，露出一个红色精致小盒。大伟努努嘴，示意小凤打开盒子。小凤眼睛一亮，火花却一闪即逝。

　　"这就是你电话中说的神秘礼物？"小凤身子不动，下巴朝小盒扬了扬。

　　"三个月前，我升车间主管了！欠你的金镯子，半个月工资不到。"

"恭喜！看来，你是打算让我守着金镯子过日子了。捂着盖着，这时才告诉我，啥子意思？身边没有我和娃，正好泡妹子是不？"

　　"泡个鬼妹子，我辞职啦！"大伟嬉笑着，抬手用力刮了下小凤的鼻子。

　　"啥，你个瓜娃子说啥？辞职了？你想让老娘和娃们喝西北风去？"小凤跳起来。

　　"如你所愿，我们一起过神仙日子。"大伟嘻嘻哈哈。

　　"屁！"小凤抬脚踢在大伟屁股上，"钱呢？钱从天上掉下来？"

　　"巴啦啦能量，神秘礼物现身！"大伟话音刚落，小凤面前突然出现一张烫金聘书。聘书上的金光映在小凤潮红的脸庞上、明亮的眸子里，她越发妩媚。大伟忍不住，嘴巴快速伸过去。

　　明天开始，大伟就是家乡德阿产业园区"中国锂都"的一员技术骨干了。

◀ 娘和世界之窗

娘在老家听别人说起，世界之窗很好玩。

售票窗口，娘把身份证递给我，小声说，七十岁的老人免费是吧？

售票员仔细看了娘的身份证，摇着头说，对不起，老人家离七十周岁还差一个月，请买半票。

娘一听她还是要花一百元买半票，赶紧向售票员要回身份证。

娘把我拉到一边，说，青啊，这次就不进去看了，明年我还会来。你工资不高，供崽上学不容易。我们在外面走走看看就好。

我说，娘，您难得来一趟，还是进去看看吧。

说不进去就不进去，要进去你自个进去，我在外面等你。娘阴下脸。

娘的脾气我知道，我拗不过她。

好吧，就在外面走走看看。我顺了娘的意，笑容又回到娘脸上。

满脸堆笑的娘，让我一连拍了好几张照片。每次拍照，娘都要提醒我，世界之窗这个牌牌要拍进去。

娘在深圳没待几天，就急着回老家。娘说地里的菜得赶紧浇水，几棵果树也得护理。

娘的脾气我知道，我拗不过她。

临行，吃的穿的，娘都不准我给她买。娘只要了我在世界之窗为她拍的几张照片。

娘的身体向来很好，一点看不出是快古稀的老人。我以为娘活到一百岁，完全不成问题。我以为娘过不了多久，一定还会再来深圳。

娘享年七十一岁。一点预兆没有，娘永远离开了这个世界。娘是手里握着我给她在世界之窗拍的照片离去的。

玫瑰送给谁

乐园一种

◀ 丢了一只羊

仲春的北国，草原深处。有些冰已经化了，有些还没有。

一阵风，一匹马，一个红衣少女。

"嗨，你在干吗？看到一只黑山羊吗？"

红衣少女问一个正在挥动黑色短柄铁铲的青年。青年的大半截身子已经没入他正在挖的坑里。

青年抬头看一眼马背上的红衣少女，摇摇头，不说话。

青年的脸黑黑的。他脱下来的黑黑的棉袄，趴在旁边高处的一堆灰白色乱石上。远处的人看到它，像极了一只趴着的黑山羊。

青年的周围，新栽了些稠李子树。不用说，这些稠李子树，都是青年刚刚栽种的。

青年早已栽完了他带来的稠李子树苗。可是，他还在挖坑。青年正在挖的那个坑又大又深。无论栽哪种树苗，都用不上那么大那么深的坑。

"哥，你在干吗呢？"红衣少女没有得到青年的回答，不甘心，再次发问。

　　青年仰起脸，黑黑的脸上淌着汗珠。他还是不说话。

　　青年看一眼头顶的天空。天空没有太阳，几团乌云你追我赶。

　　少女嘟起了红红的嘴巴，双腿一夹，马鞭一扬。

　　马蹄声疾。一阵风。

　　青年的目光久久被风牵引，手上的铁铲老老实实定在半空。

　　坑终于挖好了，青年把他的黑棉袄埋了进去。

◄ 我的眼睛怎么了？

我不能不怀疑，我的眼睛有问题，非常严重的问题。

今天早晨，我跟妻子一起在街道上慢慢散步。经过一家店铺时，我看到门口趴着一条黑色像小牛犊一样强壮的大狼狗。大狼狗发现我盯着它看，也把目光对准了我，且嘴里发出低沉的咆哮。

我想大狼狗误会我了，以为我和它对视是向它挑衅。我赶紧收回目光，牵着妻子的手快跑。

我突然的加速险些让妻子摔倒。妻子踉踉跄跄好不容易才维持住身体平衡。

"慌里慌张地，干吗啊！"妻子埋怨我。

"嗨，你刚才不也看到那条凶巴巴的大狼狗吗？万一它扑向我们怎么办？"

"哪里有大狼狗？我怎么没看到？"

怪事，我盯着大狼狗看，明明是受了妻子目光的牵引。也就是说，是妻子先侧脸看大狼狗，然后我也侧脸，顺着她的目光看过去。现在，妻子居然说她没看到大狼狗。

　　要证实也不难，回头再仔细看看就是。我立定，向后转。

　　刚才的位置，只见一个蹲着的大块头男人，正低头看手机。大狼狗莫名其妙消失了。

　　我抬手使劲揉了揉眼睛，再看，还是只见一个低头看手机的大块头男人。

　　我的眼睛怎么了？

◀ 滚　坑

　　秋雨绵绵。送葬的队伍从从容容，缓缓徐行。

　　老妇人是在自家老屋的老木板床上过世的。过世时身边没人。过世的确切时间，没人知道。高寿八十有八，有身份证证明，不容置疑。寿终正寝，喜丧。

　　老妇人有三个女儿，老大老二老三。

　　"大姐，这雨下得，坑里肯定起水了。"老三扯了扯老大的衣角，轻声说。

　　老大没吭声。

　　"二姐，要是天晴，我和大姐不拦你，也不跟你争。"老三扯了扯老二的衣角，轻声说。

　　老二没吭声。

　　老妇人的墓穴在小山坡上。送葬的队伍走了会大路，接着走小路。雨水浸湿的小路，一踩一脚泥。

　　老妇人的墓穴终于到了。果然，墓穴里起了足足半尺深的浑浊黄泥水。

老大老二还在犹疑，只听扑通一声水响，老三已落入坑底。老三昂起头，一连在坑里打了好几个滚。不用说，她一身上下全湿透了。

返回的路上，老三冷得直哆嗦，脸上却是掩饰不住的笑容。

据说，湘西南有个习俗，年迈的母亲过世下葬时，如果她有几个女儿，则在母亲的棺材落穴前，哪个女儿先跳到墓穴里滚两滚，到了阴间的母亲就会特别保佑这个女儿一家。

过去的这些年，三姐妹家事不顺，命都不太好。老三一家尤其惨，夫妻不和，唯一的儿子不学好，进了班房。

◀ 宝 贝

砂锅里党参炖乳鸽。香味儿溜出厨房，穿过餐厅，挤进书房，钻进宝贝的鼻孔。

宝贝趴在写字桌上，一本打开的书遮住了他的半边脑袋。

宝贝突然抬起头，从椅子上慢慢站起来，拿上那本打开的书，钻出书房，穿过餐厅，踱进厨房。

厨房里没人。煤气灶冒着蓝黄色的火焰。砂锅嘟嘟响着，盖儿微微颤动，一圈圈白色的热气袅袅升腾。

宝贝手里拿着的是一本奥数宝典。一个小时前，妈妈给他布置了任务，解答二十道习题。宝贝一口气解答了十八道题，最后两道题卡壳了。宝贝的上下眼皮打起了架。接下来，宝贝还要背诵两篇英文，默写三首唐诗，弹奏四曲钢琴……不能输在起跑线上，周末是关键。

宝贝在微微颤动的砂锅前发了一会儿呆后，揭开砂锅盖儿，把手上的奥数宝典塞了进去，手握锅铲，一阵捣鼓。

宝贝合上砂锅盖儿，退出厨房，穿过餐厅，钻进书房。

宝贝缓缓在写字桌前坐下，头趴在书桌上，眼睛闭上，呼噜声轻快地响起来。

房屋的大门啪嗒响了一下，妈妈气喘吁吁，进屋后直奔厨房，手里握着一小把香菜。

砂锅嘟嘟响着，盖儿微微颤动，一圈圈白色的热气袅袅升腾。党参香味儿，乳鸽肉香味儿，还有种从来没有闻过的怪味儿，一股脑钻进妈妈的鼻孔。

◀ 蜕
......

男孩毅然转身，越走越远。

痛，由胸口蔓延到全身。丽娜吃力地收回附着在男孩后背上的目光。她惊恐地看到，先是自己的一双脚，变得烤乳猪一样焦黄。焦黄慢慢扩大，由小腿到大腿到躯干到全身。干燥的皮肤裂开来，有鲜血沁出。

丽娜紧闭眼睛。锥心的疼痛尚能忍受，丑恶的身体无法忍受。她没脸见人了。

老天啊，难道你也要落井下石？汹涌的泪流冲击着眼眶筑起的堤坝。绝望的丽娜用刚刚拭过热泪的手，拼命去撕腹部老枞树皮一样的皮肤。啊，几乎没费力气，皮肤一碰即掉。丽娜抖抖身子，裂开的皮肤像片片落叶一样纷纷飘下。

"啊！"丽娜惊奇地叫出声来，猛睁开眼睛。原来是个奇怪的梦。她用力掀掉盖在身上的被子，匆匆褪下睡衣。手机手电筒明亮的电光下，身体皮肤的颜色嫩红嫩红，完全是鲜花初绽的模样。

丽娜的心中突然升起一阵狂喜。她还是如此年轻，如此美丽，美好的生活完全可以重新创造。

晨曦透过窗玻璃，唤醒了屋内的一切。丽娜翻身起床，面带微笑。

七嘴八舌的声音在她耳边响起。

"祝贺你！"梳妆台上的镜子说。

"恭喜你！"洗手间的门把手说。

"我就说了嘛，旧的不去，新的不来！"刚开机的电脑说。

◀ 女儿失踪

茹的女儿樱失踪了。

这是一个星期天，茹难得的休息日。早饭后，樱乖乖地独自待在客厅里玩积木。茹则进了书房，关上门，打开电脑，写起几天前就构思好的一篇悬疑小说。直到下午，茹才走出书房。客厅里积木散了一地。樱不知去了哪里。所有该找的地方都找过了，所有该问的人都问过了。没有樱，没有人看到过樱。

报警，成了茹唯一选择。警察走访了该走访的所有人，动用了所有能够动用的侦查手段，调取了全城的监控。樱失踪的线索，一丝也没有。

深夜，茹一个人坐在书房里嘤嘤抽泣。一个声音突然响起："妈妈，我在这里。"

是樱的声音。"哎，宝贝，吓死妈妈了！"茹惊喜地一弹而起。可是，书房里没有樱。茹又走到客厅和睡房寻找，还是没有樱。

"妈妈，我在这里！"茹又听到了樱的声音。这下，茹可以肯定，声音是从书房里传来的。茹赶紧回到书房。

茹屏声静气，瞪大眼睛，竖起耳朵，仔仔细细搜寻。书房里，两架书，一桌一椅一电脑，别的什么也没有。

"妈妈，我在这里！"天啊，声音居然是从电脑里传出来的。茹猛然遭到电击般瘫坐在地。她浑身痉挛，狠劲抽扯着自己的头发。想起来了，上午，她创作过程中，一个原本构思中没有的小角色——一个戴着口罩和墨镜的小女孩，哭哭啼啼，硬生生闯进了她创作的悬疑小说里。

◀ 两声叹息

　　客人走后，老郝关了灯，锁好门，正要离开，房间里传出两声沉重的叹息。

　　老郝大吃一惊，明明房间里没人，怎么会有叹息声？他麻着胆子，赶紧又把门打开，摁亮电灯。房间里，千真万确，没人。难道叹息是从其他地方传来的？走廊里的电灯亮晃晃，照得附近清清楚楚，没别人啊！难道……不可能吧！老郝是个无神论者。

　　老郝再次熄了灯，锁好门，抬脚离开。他走了几步后，总觉得心里有个疙瘩，便又轻手轻脚走了回来。为了保持通风，房间有一扇窗户开了一条小缝。老郝猫着腰，轻轻挪到窗户下面。

　　"嗨，刚才我们同时叹气了。"一个年轻女子的声音。

　　"是啊，知人知面难知心啦！"痛心疾首的一个男声。

　　"看来，我还得继续在污泥里修炼哩！"年轻女子无可奈何的声音。

　　"真希望他能悬崖勒马，否则，我还不被人笑死。"

听着听着，老郝只觉得头在迅速变大，大到快要爆炸了。

"谁？"老郝终于迸发出一声沙哑的大喊。

无人应答。这到底是怎么回事？要解开谜团，只有再次把门打开。

老郝握钥匙的手哆嗦着，怎么也不听使唤，捣鼓半天，门总算开了。

灯光下，房间里一切正常。简简单单一套办公桌椅，一台电脑，莫说藏人，进来个老鼠也无处可藏。最后，老郝的目光停留在房门正对面墙上的两幅国画上，左边《清正廉明》，右边《出水芙蓉》。《清正廉明》里有个一脸正气的包公，《出水芙蓉》里有个年轻清纯的女子。

◀ 月夜静悄悄

林是个跛脚木匠，自学成才，手艺不错。

有一件木工活，林从不示人。多年来，他总是用红绸布把那玩意裹得严严实实。

林一直单身。

一个月朗星稀的晚上，有个邻居从林家屋门前走过。这个邻居喜欢开玩笑。他猫着腰，轻手轻脚靠近林的房屋，打算拍几下门，再装成婆娘嗓音，娇滴滴喊两声后，马上神不知鬼不觉溜走。

这个邻居刚要按计划行事，却听到屋里有人正在说悄悄话。

"你……恨我吗？"是个女的温柔的嗓音。

"不不不！"林心慌意乱的声音。

"我害你跛脚，你真的不恨我？"又是那个女的在说。

"不是你害的！是狂风，是暴雨！我们都是受害者！"林急促肯定的声音。

"好吧，我要补偿你。我愿意，愿意陪着你，永远，永远！"

女人迷醉的温柔表白，让偷听的月亮害羞地躲到云里去了。

邻居脸红心跳，大气不敢出。他想赶紧溜走，又想探个究竟。有个窗户的窗帘把关不严，漏出一点灯光。邻居悄悄摸到窗户边，目光穿过一线缝隙时，一股醉人的樟木香气扑鼻而来。林的房间里，除了林，再无他人。这样说，其实也不完全对。林的对面，分明立着一个美女，木头雕的美女。

林二十岁那年的一天，家门口不远的一棵老香樟树经不起暴风骤雨摧残，轰然倒地。那时的他刚好在屋檐下看雨。香樟树倒下时，一根枝头抽到了他。他一个踉跄，摔到屋基旁的深坑下，左脚碰到一块大石头，粉碎性骨折。正是这次飞来横祸，他成了瘸子。

◀ 不可思议的红鲤鱼

　　我在河岸边徘徊，一条巴掌大的红鲤鱼突然跃出水面，跌落在我的脚边。

　　这是一条非常美丽的红鲤鱼。落地后，它不蹦也不跳，鼓着眼珠看着我，嘴巴一张一合。这真是一条奇怪的鲤鱼，难道它不知道，我会捉了它回去炖汤喝吗？

　　我迅速弯腰，一把抓住它。它一点也不挣扎，让我颇感意外。我动了恻隐之心，改变了初衷，把它轻轻地放回河水里。红鲤鱼温柔地摆动着尾巴，在我的手边赖着不走。我不给自己反悔的机会，用力推了它一把。"走吧，走吧，河水里才是你的乐园。"说完这句话，我站起来，转身离开。

　　"啪！"我刚迈脚，红鲤鱼又跃出水面。这次，它重重地落在我脚边的一块卵石上。天啊，它不痛吗？落地后，它还是不蹦也不跳，鼓着眼珠看着我，嘴巴一张一合。没办法，我只好又蹲下身，轻轻地捧起它，把它放回河水里。

我再次站起来，准备离开。

"啪！"红鲤鱼第三次跃到岸上。

我没有再把红鲤鱼放进河水里，而是急忙把它带回了家。我家里的一口鱼缸，已经空置许久了。也许，我的鱼缸才是这条红鲤鱼最理想的家园。

◀ 壁　虎

好多天了，幸福小区甲栋000号的房门一直紧闭着。

刺鼻的臭味从000的门缝里挤出来，邻居们掩鼻而过，苦不堪言。他们敲了一次又一次000的门，却一次也没敲开过。没办法，只好报警。

警察来了，招来了开锁人。000的门终于打开了。阵阵臭味和成群结队的苍蝇扑面而来，吓得人们连连后退。

这里不能不感谢疫情，人人都戴着口罩。否则，在场的各位，恐怕谁也忍不住要吐个痛快。

警察抬手捂严口罩，侧身挤过一座座垃圾山，仔细查看屋子里的每个房间。奇怪，每个房间都没人。难道屋子里生活的人外出了？有监控为证，房子的主人自从半年前的一天进入房子后，再没出过房子。邻居们的回忆也可佐证，他们最近一次看到这套房子有人出进确实是大约半年前。

警察再次仔细查看屋内陈设。卧室里一张大床，凌乱堆放的衣服占去了床的大半部分。一床皱皱巴巴的被子像一条巨大的蠕虫懒懒地趴着。卧室里的床头柜上有两部智能手机，其中一部正在充电。手机的屏幕没有灰尘，显然，这是两部正在使用的手机。这足以说明，屋子里有人生活。可是，人去了哪里？纳闷的警察抓起蠕虫一样的被子一头用力一掀。

"啊！"警察随即一声惊叫，抓被子的手赶紧松开。被子下面，躺着一条手腕粗的巨型壁虎。受了惊吓的壁虎向着窗户边猛地一蹿，迅疾翻越窗台，从打开的窗户爬到室外去了。

不用说，这是一个天大的新闻。后来有专家分析，壁虎主食蚊子苍蝇，如果环境足够恶劣，人异化为巨型壁虎，完全有可能。

◀ 哥俩好

荔林公园，老龙坐在路边，四顾茫然。黑仔悄无声息靠近他，立起身子，轻轻拍了拍他的手臂。

老龙扭头看到黑仔，惊讶得不知所措。

老龙第一次来公园，不认识黑仔。黑仔当然也不认识老龙。

黑仔与老龙对视一眼后，蹦开了。老龙目送着黑仔一步三摇走进荔林深处，慢慢笑出了声。这个小淘气！老龙笑骂。

第二天。荔林公园，老龙坐在路边，左顾右盼。黑仔悄无声息从后面靠近他，立起身子，轻轻拍拍他的手臂。

老龙扭头一看又是黑仔，无声地笑了。他缓缓从裤兜里掏出一个小塑料袋，倒出几尾干鱼仔。

黑仔尾巴高高翘起，身子磨蹭过老龙的大腿后，津津有味地啃起干鱼仔。

我给你们合张影吧。小声说话的同时，我举起手机。

吃完干鱼仔的黑仔又立起身子，一只前足轻轻拍向老龙的手臂。老龙瞅着黑仔，笑眯了眼睛，赶紧出掌迎接。

咔嚓！画面定格在我的手机相册里。

闲来无事，我给这张相片取了个"哥俩好——流浪汉与流浪猫"的名字，参加一个"人与动物"主题的摄影大赛，居然获得了优秀奖。

◀ 声 讨

那时我正坐在住房门口，心乱如麻。门外的她，呜呜哭泣着，慢慢靠近我。离我大约一米远时，她一屁股坐在门口的台阶上。

她悲切地哭泣，依然没有停止。

"哭什么哭？"我撇撇嘴，瞪着她。

"你把我的孩子弄丢了，你要赔！"她声音虚弱，哀怨深沉。

"笑话！你根本就不配做母亲！孩子丢了，关我什么事？"我用力瞪她一眼，"有你这样做娘的吗？心甘情愿寄人篱下，能给孩子带来安全感吗？"

"不寄人篱下，你说我们能去哪儿？"

我不知道怎么回答她。这寸土寸金的城市，哪里会有他们名正言顺的安乐窝？

"爱去哪去哪。"我摇摇头。

"你冷血！我们来帮你消除鼠患，有错吗？再说你的房子这么宽，我们才占用角落里一丁点地方，碍事吗？"

她又伤心地呜呜哭泣起来。我向她无力地挥了挥手。她不知道，其实，我的心里，也很难受。我是不该对他们母子那么绝情。可是，我这住房也是租的。如果房东看到我收留了他们，弄脏了他的房子，我相信他会立马叫我滚蛋。

她收回跟我对视的目光，吃力地站起来，哭泣着，慢慢离去。

她是只流浪猫。我跟她对话，别人听不到，用不着发出声音。当然，她悲哀的哭泣声，是能够传得很远的。这只流浪猫，趁我出远差，从预装空调的洞洞里跳进我的住房，在杂物间里，生下三只小猫。昨天，出差回来的我狠心地赶走了他们。那三只还跑不快的小猫，很快成了附近顽皮小子的坑物。

◀ 新手机

张三买了部新手机。

手握新手机的张三，悄悄独自乐着，没把这事儿告诉任何人。

张三给李四打电话，扯几句闲，挂了。又给王二打电话，扯几句闲，挂了。

张三划拉着新手机，没有搜索到让他兴奋的内容，又给曾经的工友赵六打电话。赵六是个穷光蛋，总担心流量超支，习惯了打电话有事说事，三言两语完事。张三滔滔不绝，赵六暗暗骂娘。

张三终于听出赵六的不耐烦，拖泥带水地说了"再见"。

张三继续划拉新手机，晚饭也顾不上吃。他是个只上过几年学的粗人，手机上能划拉出来的东西实在太有限。

张三进了小学同学微信群。他不声不响，在同学群里发了一个十元的红包，马上自己又把它抢了回来。

张三接着又发了个五十元的红包，一眨眼功夫，自己又把它抢了回来。

这时，同学群里炸开了锅，几个嘴臭的同学对张三直接开骂。

张三发了张笑脸，不解释，不回骂。

"你个死张三，发红包也不吭一声，一次不能多发几个吗？"说这话的是张三曾经的同桌，现在的富婆艳子。

张三回复了个红包马上驾到的表情。紧接着，他倾囊而出，发了个两百元的红包。

张三这次点开红包时，看到的是"手慢了，红包派完了"。

◀ 宝 壶
....

老古缓缓走进书店，勾头弯腰，梦游一般。

我把新到货的《紫砂壶价值考成》递给他。老古眼睛先是一亮，瞬息黯然。

"碎了！没用了！"老古推开书，连连摆手。

"啊！可惜了。怎么会碎？不小心失手？"我放下书，搓着手。我想安慰安慰看起来失魂落魄的老古，又不知如何安慰。

"活该我倒霉，母老虎发威！"老古晃着身子，摇着头。

两年前，老古花大价钱，在古玩城淘到一宝壶。接下来他每天都要光临我的小书店，跟我描绘宝壶的种种非凡处，眉飞色舞。

"你确信不是赝品？"不耐烦的我偶尔会泼老古冷水，"就算不是赝品，值多少钱，还不是凭卖家吹泡泡。"

"你外行，不懂。"冷水浇头的老古通常不跟我急，只是扭动身子，目光转移到书架上去。

老古希望从书架上的某本书上，挖出宝壶的身价，证明给我看。遗憾的是，书架上一直没有这样一本书。老古在我的小店里总是一待就是半天。这两年里，他过于专心此事，把别的许多事都荒芜了。估计他老婆，已实在忍无可忍。

我和老古闲聊这会，妻子给我们沏了壶粗茶。老古的眼睛突然盯着青花茶壶问我："你这把宝壶，哪里淘的？"

"嘻嘻，啥宝壶！二十多年前，我在百货商场买的。"一旁的妻接过话，掩口而笑。

"嘿嘿，那时我跟她认识还没几天。她看到我爱喝茶，领第一个月工资那天就买了这个玩意送我。"我也笑着说。

"看把你臭美的！你也就值九元。"妻白了我一眼。

"宝壶！真正宝壶！"老古瞟了我一眼，发出梦呓般的声音，缓缓走出书店。

◀ 盆 栽

他出了一趟远差。

他并不经常出差的。出远差，结婚几年了，还是第一次。

这一次，预定的出差时间是一个月。出门前，他去超市，去菜市场，大包小包采购回吃的喝的用的东西。这些东西，她吃一个月喝一个月用一个月，绰绰有余。

"宝贝，我不在家，你要照顾好自己哦！"

"不许老叫外卖，谁知道他们用的什么油！"

"不要去外面乱跑，不安全！"

临出门，他啰里啰唆一再叮嘱。

"嗯，放心吧，亲爱的。我就待在屋子里，刷刷微信，追追剧，等你回。"她坐在一把红色圈椅里，晃荡着，一个劲点头。

她是他的小鸟，温顺依人。当然小性子还是有的。有时，她会假装生气，不理他，等着他哄她。

事出有因，他出差拉长了半个月。

他已经个把星期没和她通电话了。他无数次拨打她的电话，她都不接。他倒也没多想。她肯定又在耍小性子了。他早已给她准备了心仪的礼物，哄她高兴没问题。

他急急忙忙赶回家。门关着。敲门没有回应。他掏出钥匙打开门。

屋子里的红色圈椅上，居然多了一株绿色盆栽。盆栽有半个多人高。盆栽的轮廓像极了一个坐姿的人。

后来的日子，他再也找不到她。他索性不找了。那株原本绿色的盆栽，很快变得枯黄，被他扔掉。

◀ 红纽扣

两个佳佳，为了区分开来，我们就称呼佳佳甲和佳佳乙吧。

起床，洗漱，读半小时古诗，吃早餐，去学校或去辅导机构，学习……

佳佳甲天天如此，月月如此。

起床，洗漱，准备早餐，吃早餐，送佳佳去学校或去辅导机构，准备中餐……

妈妈天天如此，月月如此。

一个星期天，佳佳甲对妈妈说："妈妈，我不想去练琴，我想去公园玩。"

"不行！我们不能输在起跑线上。"妈妈断然拒绝。

"我又不是机器人！"佳佳甲的嘴巴噘起老高。突然，佳佳甲的脑袋里火花一闪。

这天中午，佳佳甲趁上网查资料的机会，在一家网店下了个订单。

六一儿童节到了，佳佳甲如愿以偿跟"妈妈"一起来到距家不到一公里的公园玩。过山车，旋转木马，海盗船，飞天椅……佳佳甲玩得开心极了。

　　不知不觉天快黑了。佳佳甲拉着"妈妈"的手，一步三回头走出公园。快到辅导机构门口时，佳佳甲找了个没人的角落，轻轻摁了几下"妈妈"胸前的一粒红纽扣。很快，"妈妈"渐渐变小。佳佳甲麻利地把变小的"妈妈"装进书包。

　　辅导机构下课的铃声响了。佳佳乙跟随人流走出教室。躲在角落里的佳佳甲赶紧冲到佳佳乙身边，神不知鬼不觉地轻轻摁了几下佳佳乙胸前的红纽扣。佳佳乙渐渐变小。佳佳甲正想把变小的佳佳乙装进书包，一仰头看到来接他的妈妈。佳佳甲吓得"哇"的一声大叫。出乎意料的是，妈妈竟对他的神操作视而不见。

　　疑惑的佳佳甲仔细看了看妈妈胸前，同样的红纽扣，灯光下格外刺眼。

◀ 家庭会

日头落山，夜窸窸窣窣的脚步声越来越响。

三爷泡好一壶茶，装好一袋烟，备足咪咪、小花爱吃的零食。

"商量个事。"三爷挥动铜烟锅，轻轻敲了三下凳子旁边樟木箱的盖子。

"我老了。"三爷抽一口烟，徐徐吐出。他看一眼咪咪，看一眼小花，又看一眼樟木箱。

咪咪往三爷身边靠了靠，看一眼三爷。小花扯扯三爷的裤脚，也看一眼三爷。

"咪咪，小花，你们都还年轻。"三爷从零食袋里摸出一尾小干鱼给咪咪，又摸出一块带骨头的腊肉给小花。"'七十三，八十四，阎王不叫自己去。'今天开始，我踩进八十四的门槛，冇晓得，哪天就没了。"三爷长叹一声，"我没了，你们跟哪个？"

咪咪"喵"一声，瞄瞄三爷，有滋有味品尝干鱼。小花"汪"

一声，摇摇尾巴，津津有味嚼着腊肉。

"老伴啊，我们在一起整整五十年！"烟锅塞进嘴里，三爷双手久久摩挲着樟木箱。樟木箱盖外面的每一寸木头，三爷都细细抚摸过了，他又把箱盖打开，温暖的手掌抚摸里面。"我到那边去，你可还愿意跟我？"三爷的目光，久久往樟木箱倾注。樟木箱肚子大得很，怎么也注不满。

樟木箱看着他，默默无语。三爷吸完了一锅烟，又点燃一锅烟。往事历历在目。这个晚上，三爷再没有开口说话。咪咪和小花安安静静一直陪着他。

◀ 河道曲，河水浊

我埋着头不停地走。哗哗哗的水声响起，我又到了河边。

河道曲，河水浊。河岸边的一块大石头上，坐着一个长头发的女人。我的目光朝向女人时，女人也把她的目光烙在我的脸上。

女人向我招招手。我毫不畏惧地走向她。

"你的脸皮真厚！"女人嘻嘻笑着，抬起一只手捂着嘴巴。

"凭什么说我脸皮厚？"我不甘示弱。

"人家开玩笑嘛！"女人娇嗔着。

"哼！今天你不走，我还真就不走了，反正我脸皮厚！"我挨着女人坐下。

"我走，你跟我走吗？"女人倏地站起来。

女人腰身袅娜，黑发飘飘。我超喜欢。只是她的脸，她的肤色！唉，她脸如灰！肤如墨！

不等我回答，"扑通"一声，女人跃入河中。这里，是深水潭。这里的水曾经清又甜，如今却腥味刺鼻。

女人高高跃起时，我看得清清楚楚，她的下半身，是一条蛇的尾巴。

我摇摇头，站起身，继续赶路，她不是我梦中的美人鱼。

河道曲，河水浊。

◀ 第十次
....

他一次次经过我面前。

我不相信，他只是路过。哪有那么巧呢？一天从同一条小路，经过两次，三次，五次，八次。

现在，他第十次从我面前经过。

他向我伸出手。他终于向我伸出手。

如果他第一次见到我，就把手伸向我，我一定大声呵斥他。

如果他第二次见到我，就把手伸向我，我还是要骂他个狗血淋头。

如果他第五次见到我，靠近我，慢慢向我伸出手，我会好言好语跟他说，交个朋友可以，但请不要随便碰我。

可是，他一定要等到第十次见到我，才向我伸出他的手。我默默注视他，再没有勇气，对他说些什么。老实说，我期待他伸过来的手，已经很久了。我恨自己，不能把持住；恨他，优柔寡断。我确信，我早就确信，他对我的喜欢，发自真心。他向我伸出手，我心里的喜悦，压也压不住。我突突跳动的小心脏，眼看就要蹦出嗓子眼。啊！

我看到，他伸向我的手，竟在颤抖。碰到我了，就要碰到我了！可是，他的手为什么突然缩回去了呢？

爱花，就不要摘她！他嘀咕着，一步三回头走了。

眼泪，打湿了我的花瓣。

◀ 幸运的乞丐

微服私访的王子有天落了难，又饿又冷的他，向一个乞丐投出求助的目光。那时，乞丐的手上，正捧着半个冒着热气的包子。

乞丐也看到了衣着单薄、冻得发抖的王子。（那时，乞丐当然不知道用眼神向他求助的人是王子）乞丐握着半个包子的手伸向王子，到了半路又缩了回去。

乞丐穿着一件破烂的棉衣，破烂的棉衣口袋里，有乞讨来的几个铜钱。他从口袋里掏出仅有的那几个铜钱，递给王子，并用手指指几步开外的包子铺。

王子向乞丐鞠了一躬，又鞠了一躬，接过乞丐递给他的那几个铜钱。

乞丐用手拍拍已经变得空空的口袋，无奈地向王子摊摊手，意思是他只有这不多的几个铜钱，真是遗憾。

王子用那几个铜钱，在包子铺买了两个热气腾腾的包子。王子狼吞虎咽完事后，不那么饿了，却还是冷。包子铺的老板心地善良。他回到里屋，翻出件破衣服，递给王子。（那时，包子铺老板当然不知道那人是个王子，要不然他肯定会赠给他最新最好的衣服）

王子向包子铺老板鞠了一躬，接过破衣服，赶紧穿在身上。

一个月后，王子故地重游。他回赠给包子铺老板一百两银子，然后带走乞丐，让乞丐做他的贴身侍从。

包子铺老板心有不甘，他之前送给王子的衣服，虽然破旧，如果拿去卖，几十个铜钱还是能值。而乞丐，不过才送了王子几个铜钱。

包子铺老板追上王子，说宁愿不要一百两银子的回报，只想跟乞丐一样，余生在王子身边，为王子效劳。

王子摇摇头，拒绝了。

◀ 绿 萝
·····················

那时已近黄昏，本来采光就差的租房，几乎什么都看不清。我凭感觉，摸到开关，打开电灯。

灯光充盈房间的同时，我猛然看到了她，斜躺在屋内唯一一张皮椅上。一身绿色的连衣裙，衬着一张略显病态的黄脸。

我们的目光撞在一起。我惊讶得张口结舌。我不认识这个人。我回来前，房门一直是锁着的，她是怎么进来的？

她却一点儿也不惊慌，仿佛这个家是我的，也是她的，她是屋里的女主人。

我僵立着，不知过了多久，才结结巴巴吐出两个字：你是……

她幽怨地看着我。哼，同居 7 年了，没良心的，居然还问我是谁！

我彻底糊涂了。跟我同居 7 年的，只有我妻子。几天前，我跟妻吵架，她一赌气，一跺脚就回了千里之外的娘家。椅子上坐着的这个女人，身材高挑苗条，而妻子跟我一样，都是五短身材。

七年前，你迎娶她时，说爱她，也爱我。一生一世，一定细心照顾我们，永远不让她生气，不让我们受苦。这么快，你就忘得一干二净了？她狠狠地瞪我一眼，站起来，向紧靠房间的小阳台走去。

　　我追到小阳台。她却消失了。阳台有全封闭的防盗网，她能去哪里？我打开手机上的手电筒，在不足两平方米的阳台上仔细搜寻。阳台上除了一些毫无生气的杂物外，只有一盆藤蔓四散如瀑布的绿萝。

　　这盆绿萝，是妻的陪嫁。绿萝的好些叶子已经发黄。

　　多久没给绿萝浇水了？我对不起她。

◀ 会说话的蟹爪兰

老爸，我刚才听到我们阳台上的蟹爪兰说话了。

一接通儿子的电话，他就迫不及待地说。

鬼才信你哩！

看来儿子脑袋里哪根弦又搭错了。我很恼火。

但我真的听到了。

好吧，蟹爪兰说了什么？

我忍住脾气。

老爸，你和老妈整天都在忙生意，对不？

这还要问？不忙生意你吃啥用啥住啥？

老爸，这样你们就常常忘了给蟹爪兰浇水、施肥，对不？

对啊，这算么子事？

可是，老爸，今天清早，你在阳台上，看着蟹爪兰说，奇怪，今年这东西怎么不开花了？

嗯，我说过。

今天是星期天哩，你和老妈一大早又出去忙生意了，留下我一个人在家。你和老妈走后没多久，我很无聊，走到阳台上去，想呼吸几口新鲜空气。

你啊，眼看就要期中考试了，作业不好好做，书不好好看，尽搞些鬼名堂！

我严厉地说。

我来到蟹爪兰旁边。耳边突然响起一个声音：小哥哥，你好啊！

我左看右看，不知道声音来自哪里。

你好，小哥哥，我是你兰妹。

声音再次响起时，我才听清楚，是蟹爪兰在说话。吓死我了！

你病了吗，儿子？

没病。蟹爪兰接着说，爸这样的人，平时不好好照顾我们，却想着我还像去年一样开出漂亮的花，想着你每次都考出好成绩，太不切实际了。

好你个小兔崽子！皮痒了吧？

我忍无可忍，咆哮起来。可是，很快，我的眼睛湿润了。

◀ 霾
....

一场车祸，谢九痛失亲人。霾是车祸的罪魁祸首，谢九从此与霾势不两立。

亲人尸骨未寒，霾又张牙舞爪来了。谢九把车靠边，停下，眼睛一眨不眨瞪着霾，恨得咬牙切齿。

手里有把铁扇公主的芭蕉扇该多好啊，我一定毫不留情把你这个十恶不赦的家伙扇个稀巴烂！谢九握紧拳头的双手猛一使劲，咯咯作响。

霾一点也不把愤怒的谢九放在眼里，朝着谢九和他的爱车步步紧逼。

霾走到谢九的爱车旁边，拍拍车窗，皮笑肉不笑地说，我知道你恨我，可是，你恨我有什么用呢？你能把我怎样？

谢九怒火中烧，却说不出一句话。

霾眯着眼，惬意地吸了口饱含汽车尾气的空气，接着说，你恨我还不如恨你们人类自己！难道你不知道，正是你们人类，生

玫瑰送给谁

094

下我，不断给我补充营养，让我一天天壮实，长成庞然大物吗？我也不想害人，可是，我这么大个身子，总有视觉死角吧？

胡说八道！你就是个恶魔！

哼，我实话实说你还不信，活该倒霉！你看你，三步远的路也要开车，车停在路边老半天了，也不熄火。你车屁股不停冒出的黑烟，我能喝出牛奶的味道哦。你看看，你自己好好看看，跟你磨牙这一小会，我的腿又长粗了几厘米，哈哈！

第三辑

网红谢九

◀ 和　解

　　老钟来了。这真是一件高兴的事。我赶忙放下手中的笔，起身倒茶。

　　帮我去叫一下老任。老钟刚刚坐下，就心急火燎地对我说。

　　好，你坐坐，我就来。

　　我找到老任。老任正在练字。我指着摊开的大白纸上写着的"有朋自远方来"问，老伙计，原来你早有预感？

　　去去去，别影响我练字，抬头不见低头见，算哪门子远方来的朋友。老任手中的毛笔喝饱墨水后，又在白纸上一气呵成"不亦乐乎"。

　　乐乎乐乎，到了我家你就知道是谁来了。我伸手夺过他手中的毛笔，丢到一边，拉起他就往外跑。

　　转眼回到家，老钟却不见了。我的写字台上，一幅墨迹未干的字：

　　人不知而不愠，不亦君子乎。

你倒是告诉我，到底谁来了？老任用力挣开我的手。

老钟。说完这两个字，我突然打了个寒战。会是老钟吗？他过世都好多天了。

两年前的一天，老钟和老任，误会因我而起，从此不相往来。

◀ 小仙女

丝丝是现代新城社区清洁工小娥的女儿，妈妈总叫她"跟屁虫"。

放清洁用具的小小工具房里，经常会堆放一些小娥从垃圾里挑选出来的宝贝。硬纸皮、旧书本、塑料瓶、易拉罐……这些东西可以卖钱。丝丝也把这些东西当宝贝。她尤其喜欢那些幼儿绘本，一看就入迷。

这天，妈妈放好工具急着回家。丝丝趴在工具房的废品堆里，迟迟不肯出来。

"你啊，干脆叫垃圾虫好了！"妈妈无奈地摇着头。

"我才不叫垃圾虫，我要做小仙女！"丝丝噘着嘴说。

丝丝上幼儿园了。幼儿园里一个顽皮的男同学，家住现代新城，有一天他突然在丝丝的耳边大嚷一声："垃圾虫！"

丝丝吓了一跳，"哇"的一声大哭。

丝丝上小学了。一个很有绘画天才的女同学，送给丝丝一幅水笔画。硬纸皮、旧书本、塑料瓶、易拉罐等等，画得惟妙惟肖。画里猛然蹿出一条硕大的虫子，一口咬在*丝丝*握画的手上。

*丝丝*不想上学了。慌了神的妈妈好说歹说，*丝丝*才勉强同意继续上学。可是，她变得越来越不爱说话。

*丝丝*会用电脑了。她在搜索栏里输入"垃圾虫"三个字。

垃圾虫，是草蛉的幼虫。草蛉是一种精致可爱的飞行昆虫，有着充满活力的石灰绿色身体、大眼睛和大而透明的翅膀……比起虫子更让人想起仙女。

*丝丝*反反复复读着这段话，直到泪眼蒙眬。

妈妈给*丝丝*买了件绿色连衣裙。*丝丝*有一双大而明亮的眼睛。连衣裙穿在身上，*丝丝*张开双臂，轻轻起舞。

"宝贝，你真成小仙女了！"妈妈用力把*丝丝*揽在怀里。

*丝丝*又喜欢上学了。

◀ 荒　野

················

　　谢九来到一片人迹罕至的荒野。远处的浅草丛中，似乎躺着一个人。谢九走过去一看，还真是一个人。这人有着一张黝黑消瘦的脸，看起来与谢九岁数相仿，四十出头。

　　这人看到谢九靠近自己，双手撑地，头往上仰。他想努力坐起来，最后却只是缓缓地在地上打了个滚。显然，他的身体已经非常虚弱。

　　谢九问，老兄，你生病了吗？

　　这人摇摇头。

　　走累了？

　　他点点头，又摇摇头。

　　谢九递给他一瓶矿泉水，一个面包。

　　他连连摆手。这些我都有，他指指身旁鼓起老高的背包。

　　老兄躺在这里多久了？

　　我……不知道。他望着天上游动的白云，有气无力地说。

留恋这里美丽的风景？

不。

那为什么不走了呢？这里荒无人烟，待久了会有危险。

我……找不到路。你看，到处都是野草，我，不知道该往哪
个方向走。

谢九沉默了。是啊，没有路的荒野，脚怎么走？

谢九凝视着那人的脸，忽然觉得似曾相识。

我好像在哪里见过老兄，请问尊姓大名？

小姓谢，名九。

◀ 网红谢九

谢九独自驻守荒野的消息不胫而走。荒野一下子沸腾了。手握长枪短炮的各路记者把谢九紧紧包围起来。更多握着手机准备拍录视频的自媒体人被人墙阻隔，急得团团转。

不出一个小时，有关谢九的几条视频和消息就冲上了网络热搜。

那些视频和消息里，谢九成了探险家、环保志愿者、独行侠……

更有几个语不惊人死不休的自媒体人，移花接木，把谢九描述成神秘的外星人。

荒野里的这一热闹场景，一共持续了三天三夜。风暴的中心往往出奇地安静。这三天三夜里，谢九装聋作哑，一句话也没有说。

第四天清早，一声悦耳的鸟鸣把谢九唤醒。包围谢九的那群人销声匿迹了。周围一片狼藉，野草被踏平了一大片。一些土质松软的地方，留下了一串串深深浅浅的脚印。谢九看到那些脚印，体内突然像是注入了一股神奇的力量。他一跃而起。

　　谢九惊奇地发现，之前没有路的荒野，现在有了无数条通往
远方的路。

◀ 纸 花

潮水般的人流，涌向伟人的雕塑。

年年清明，今又清明。伟人让无数人过上了好日子。过上好日子的人永远记得他的好。

崇高的敬意，鲜花的海洋。

六岁的笑笑夹在缓缓向前的人流里。她一手牵着妈妈，一手高举着一朵白色的纸花。硕大的白色纸花有着绿色的小茎和两片小小的绿叶。配材料，剪花枝，折花团，笑笑花了小半天时间。

"妈妈，我看到爷爷对我笑了！"笑笑蹦跳着对妈妈说。

"小朋友，你这是纸花吧？不行的！"一个红马甲挤到笑笑身边，"要献鲜花，才有诚意，知道吗？"

笑笑抬头看了眼红马甲，又看了眼妈妈，正不知所措，手中的纸花已被红马甲用力抽走。红马甲没有让纸花在手中停留，而是顺势用力一甩。纸花高高地飞起来。

笑笑眼里噙着泪，目光死死追随着断线的风筝一样飘飞的纸花。

突然刮起一阵大风，纸花在空中拐了一个弯，不偏不倚飞向伟人的雕塑。

"妈妈，你说，爷爷会不会真的……讨厌我送给他……亲手做的纸花？"笑笑哽咽着。

"不会的，宝贝。妈妈知道你的诚意，一生追求真理的爷爷也肯定知道。你看，爷爷的微笑一点也没变！"

笑笑抬手擦干眼泪。她真的看到，爷爷还是乐呵呵地看着她。

◀ 神 龛

我在城里刚刚装修一新的住房，迎来父亲这位稀客。

父亲背着双手，迈着八字步，在客厅里慢慢巡视。

窗外，刚刚还在的太阳不见了。天空起了乌云。父亲的脸上，也突然起了乌云。

"神龛呢？"父亲虎着脸，盯着我问。

"嘻嘻，要那东西做么子？又不是在乡下。"我笑着答。

"我明天就回，你帮我买好车票！"

"这……"

这是为何？我百思不得其解，只能苦笑着，无奈地摇头。

吃饭了，父亲还是老家时的习惯，自己动口前，先把筷子插进酒杯，再拔出来，轻轻往地上挥洒，一边口里念念有词。

我小时候看着父亲这样做，觉得很好玩，也学他的样，把筷子插进水杯，再拔出来，轻轻往地上挥洒，一边口里念念有词。

然而我很快就厌倦了，不再依葫芦画瓢。再说，肚子早就饿得咕咕叫了，哪里还顾得上那套把戏。父亲做这套动作，却几十年如一日。

父亲离开我城里的住房前，再次背着双手，迈着八字步，在客厅里慢慢巡视。

"崽啊，想让我再来，你得在这里弄个神龛。"父亲手指大门对面的客厅墙壁下部说。

我微笑着，不置可否。

"不管在哪里，你都要晓得你的来处。日子好过了，要晓得跟祖先分享！"

父亲说完，用力跨过我城里住房那并不高的门槛，不再回头。

◀ 笨笨熊

欢乐城广场，一头肥肥胖胖的笨笨熊在卖萌。

围观的孩子们大喊，跳个舞，笨笨熊！

笨笨熊扭扭屁股跳起了舞。

蹦个高，笨笨熊！

笨笨熊蹦啊蹦。

这些大喊大叫的孩子胆子贼大，时不时踢一脚笨笨熊粗壮的小腿，擂一拳笨笨熊凸凸的肚子。太好玩了！大个子笨笨熊夸张地装出痛苦的表情，其实呢，它一定不怕痛。

婷婷紧紧拉着弟弟小胖的手，远远地看着笨笨熊。它太可爱了，婷婷也想挤到它身边去，摸摸它身上洁白的绒毛，拉拉它短短的尾巴。可是婷婷不敢。弟弟5岁了，身高还像一两岁的孩子，走起路来歪歪扭扭。婷婷怕硬挤过去弟弟会受伤。那群淘气的孩子，身边都有大人护着。

元旦假日，爸爸像往常一样，清早就出了门。妈妈则在家里忙个不歇手。她从附近工厂领回许多珠子，一有空就串珠。每天婷婷一完成作业，也得帮妈妈的忙，带弟弟玩，或者串珠子。

婷婷突然看到笨笨熊在向自己和弟弟一个劲地摇晃脑袋。她脸上乐开了花，笨笨熊真萌啊！

婷婷还是不敢拉着弟弟往前挤。奇迹发生了，笨笨熊居然挤过人群，一摇一摆来到婷婷和弟弟身边。婷婷一手拉紧弟弟，一手捂住嘴巴。笨笨熊故意东倒西歪，站立不稳。婷婷哈哈笑出声。弟弟小胖也咯咯大笑。

就在这时，一个十来岁的熊孩子飞起一脚，狠狠踢在笨笨熊的大腿根部。噢！一声惨叫，笨笨熊蹲了下去。婷婷和弟弟都吓坏了。

不知过了多久，笨笨熊才摇摇晃晃离开了婷婷和弟弟。

晚上，婷婷看到爸爸苦笑着小声对妈妈说，今天真倒霉，被一个熊孩子踢惨，武功差点废了。

◀ 吻

这学期，小丽经常迟到，拖欠家庭作业。这孩子怎么了？电话联系不上小丽的父母，我只好抽空去家访。

屋门前的空坪上，小丽正在跟一个三岁左右脏兮兮的小男孩玩老鹰抓小鸡。看到我时，小丽愣了下，立马站住，埋下头，双手绞着衣角，就像刚刚犯了错误，等待我的训斥和处罚。

小男孩觉察出情况异常，一把扯上蒙着眼睛的旧毛巾。他看到面前站着个陌生人，立马安静下来，眼睛瞪得大大的，骨碌碌转动着，上上下下打量我。

我走近小丽，弯下腰，微笑着，指指小男孩问，你弟弟？

小丽点点头，看我一眼，又迅速低下头。

爸爸妈妈在家吗？我依然微笑着，柔声问。

小丽使劲摇摇头，说奶奶在。

走，我们进屋去，跟奶奶聊聊。我牵住小丽的手，刚迈步，小男孩已飞跑进屋。

小丽的奶奶看起来眼睛不太好，总是汪着两潭泪水。

唉！造孽呢！她爸不学好，买什么马，败光家，又借网贷。现在不知到哪里躲债去了。她妈也狠心离家出走了。

原来这样，难怪小丽学习一落千丈。我的心一阵莫名的刺痛。

我跟奶奶聊天时，小丽始终低着头，一动不动地坐在我的旁边。一会后，她的弟弟也紧挨着我坐下了。

真乖！我轻抬手，一边不经意地摩挲着弟弟的头，一边继续与奶奶闲聊。突然，吧唧一声响，我的手心暖暖的，潮潮的。手本能地往上一缩，扭头一看，弟弟正抬头眼巴巴地望着我。

很快我就明白，这孩子，想妈妈了。我眼睛一酸，展开双臂，拥紧姐弟俩。俯下身，我在弟弟的额头上，轻轻回馈一吻。

◀ 给老爹打个电话

我麻利地拨出一个手机号码。拨号码时，我记得，我的眼睛是闭着的。这不奇怪，组成那个号码的11个数字，我实在太熟悉了。

"喂……"

是老爹的声音。这个乡巴佬，接谁的电话，都是"喂"打头。

"老爹，对不起，这个清明……我又回不来了！"刚开口说话，我就鼻子一酸，哽咽起来。

"回不来？疫情又起了？冇事，冇事！回不来，你就在城里老老实实地待着，不给政府添乱，自己也安全。"

"可是，爷爷奶奶坟头的杂草，又扫不成了。"

"冇事，冇事。去年隔壁的孙子放鞭炮，点着他们那边的茅草。这不正好嘛，爷爷奶奶这边的也点着了，烧了个精光，哪还用得着扫。今年嘛，我看也会差不多。"

"楼上的，下来做核酸！"有人在喊喇叭，声音大得吓人。

我猛睁开眼。啊，原来是一个梦。划开手机屏幕，忍不住查看最近的通话记录。没错，就在五分钟前，我拨打了老爹的手机。那么，刚才我与老爹的通话，是真的？我赶紧再次拨打老爹的手机。

"你好！请问哪位？"

完全陌生的声音。

"对不起，打错了。"我慌忙结束通话。

我的老爹，他去世已经两年多了。他原来用过的手机号码，应该早已易主。

◀ 小半年的幸福

　　我想，我这一生，光棍怕是打定了。三十而立，我立的就是一根光棍。买不起房，什么都别想。

　　说不想，总有抑制不住想的时候。有小半年了，我一直生活在幸福之中。幸福来得太突然，太容易。这小半年里，我的脸上总是带着阳光般的微笑。我以为自己一直是在做着美丽的梦。

　　这些日子里，对房东的感激之情，动不动就会从我的内心深处冒出来，用手使劲压都压不住。如果不是他把原本一室一厨一卫的公寓房改造成二室二卫的合租房，我这小半年的幸福生活就会被一地鸡毛所取代。

　　悄悄地告诉你，和我合租的是个漂亮女孩。我们虽然各有各的独立房间，但是，进这套公寓房的大门只有一扇。进大门后，有一段窄窄的过道，也是我们共用的。过道里的空气，每天都混合着她身上和我身上的气味。我特别喜欢呼吸过道里的气味，一吸一呼，神清气爽。有时我也会忽然脸红，觉得自己想多了，好卑鄙。

今天，这段幸福的日子到头了。她，搬走了。我还不知道她的名字，也没有留下她的任何联系方式。不过有一点我还是要炫耀下。女孩临走时对我说："谢谢你，大哥！谢谢你阳光般的微笑！谢谢你这小半年里带给我家的安全感！"

◀ 门 槛

你爬上屋门前高高的苦楝子树顶掏鸟蛋。突然刮起的一阵大风，伤了你的脊柱，废了你的双腿。

你整天躺在床上，总是用被子捂紧脑袋，不肯见任何人。

你毕竟是个天性活泼的少年。妈妈给你买回代步的崭新轮椅，你的双眼里，又放出了光芒。你手摇轮椅，在屋子里转来转去。门槛，是你活动的边界。几天后，你眼睛里的光芒又灰暗下来。

"出去转转吧，外面空气新鲜。"妈妈微笑着鼓励你。

你不置可否。你把轮椅摇到门槛边，手握拳头用力砸着轮椅两边的扶手。妈妈弯下腰，费力地抱起轮椅，还有轮椅上的你，艰难地跨越边界。

外面的空气饱含花香，外面的阳光灿烂辉煌。刚好是个星期天，你昔日的伙伴争着跟你打招呼，纷纷围向你。你的双眼里，又放出了光芒。

接下来的几天，你摇着轮椅出门，多数时间是寂寞的。你的伙伴上学去了，大人们都有忙不完的事。你学鸟叫，想跟小鸟玩。小鸟却不搭理你。你想逮住一只在草叶上小憩的蜻蜓，强行跟他交朋友。没等你的轮椅靠近，蜻蜓就飞走了。你只好独自发呆。发完呆，你转身回家。半路上，你想起阻挡轮椅的门槛，心情陡然灰暗。"该死的门槛！"你在心里暗暗开骂。

到家门口了。你惊奇地看到妈妈正在修理门槛。进门一个小斜坡，出门一个小斜坡，摇着轮椅上斜坡，你很轻松地跨越了门槛。

"没有过不去的坎。"门槛边，妈妈仿佛自言自语。

十多年后，你成了一名自学成才的电脑软件工程师。当采访你的记者问起你成才的秘诀时，你呵呵笑着说："老家的那条门槛。"

◂ 石　头
·····················

　　她每天放一颗石子到箩筐里。一小颗，大不过鸡蛋。这颗石子，或者是她在地里干活时捡到的，或者是她洗衣服时从村边小溪里摸上来的，或者是在附近山坡砍柴时拾到的。

　　她轻轻地放石子到箩筐里的时候，总会柔柔地喊上一声："回家啰，石头！"

　　"回家啰，石头！"

　　"回家啰，石头！"

　　没有哪一颗石子搭理过她。

　　她外出时，总是说："走，石头，娘不能把你一个人留在家里。"装石子的箩筐，她便常常背在肩上。

　　日子一天天过去，箩筐里的小石子越来越多，背在肩上越来越沉。

　　她放进箩筐里的石子，由鸡蛋大变成李子大、蚕豆大。即使这样，箩筐眼看着就要满了。她也快背不动了。

后来有一天，她吃力地背着箩筐正在地头忙。一个风尘仆仆远道而来的大小伙子，看看她，看看她背的箩筐，突然叫了她一声娘。她木讷的表情，看不出喜和悲。大小伙子从她的背上取下装满石子的箩筐，自己背上。

"娘，石头回来了，我们回家。"

◀ 有 病

三室两厅两卫一厨。大帅阿雅两口子住带卫生间的主卧。农村老家来的保姆刘姨带着小宝贝住次卧。大帅的父亲老陈住面积最小的儿童房。

这天，刘姨突然向阿雅提出辞工，搞得阿雅措手不及。

"家里有事？"阿雅问刘姨。刘姨摇头。

"工资低了？"阿雅再问。刘姨还是摇头。

"我们待您不好？"阿雅苦笑。

"不……是……"刘姨吞吞吐吐，欲言又止。

"有话就直说嘛！刘姨您知道，我和大帅都是直来直去的人。"

"好，我说，"刘姨脸通红，"大帅他爸，有病！"

"啊？我公公哪里有病？真有病，我们帮他治就是，您用不着离开啊！"

刘姨使劲摇头："我几次上完厕所，刚打开厕所门，就看到他提着裤裆挡在门口。有两次差点就撞到他怀里了。这……这像什么话嘛！"

阿雅的脸也红了。难道公公他……

婆婆去世早，公公现在才六十多岁，有那个想法，谁敢担保没有可能？

一会儿的沉默后，阿雅微笑着轻轻摇头。公公为人，她怎能不清楚？

"刘姨，我想您一定是误会我公公了。他那是尿急，估计是前列腺出了问题。唉，是我和大帅关心他不够。这样吧，从今天开始，我公公住主卧，方便他随时上厕所。等过几天国庆长假，我让大帅陪他老人家去医院检查检查。"

◀ 听　话

爷爷教了一辈子乡村小学，退休了，来到城里带孙子。

进城的第一天，爷爷带着孙子逛街，更准确地说，是孙子扯着爷爷去附近的文峰公园玩。孙子好动，走起路来一跳一蹦。

爷爷叮嘱孙子，慢点，好好走路，听话，做个好孩子。

为什么要听话？孙子仰头嘻嘻笑着问。

爷爷一时答不上来。过去几十年里，他一直这么教学生，没有谁问过为什么。

听话的孩子有糖吃，人人喜欢。爷爷到底是退休教师，曾经的孩子王，孙子的反问没让他为难太久。

坏人的话也听吗？孙子站住，又嘻嘻笑着问。

坏人的话，当然不能听啦。爷爷有些气恼。人小鬼大，抬上杠了，该打屁股。

爷爷习惯性扬起右手。孙子突然跳前一步，抓住他的手。前面就是通往文峰公园的十字路口。红灯亮，爷爷却不停步。

停！爷爷，听话，走斑马线，等绿灯。

附近的行人目光唰地对准爷爷。爷爷的脸唰地红了。

到了公园里，花儿香，蝴蝶舞，知了鸣。爷爷尖起耳朵细听，很快发现一棵大柳树的树干上趴着一只大知了。

爷爷猫着腰，轻手轻脚靠过去。眼看爷爷的手掌马上就要罩向知了，孙子猛然一声大叫。

爷爷，住手！听话，老师说，我们要爱护公园里的一草一木，一鸟一虫。

公园里的游客目光唰地对准爷爷。爷爷的脸唰地又红了。

◀ 棒　王

　　一根两米多长，手腕粗的杂木棒，阿森舞起来呼呼生风，别说旁人近不得身，就连开水也泼不进。久而久之，乡邻不再叫他阿森，都叫棒王。

　　方圆数百里武林中舞棍弄棒的高手慕名而来，非要与棒王比个高低，阿森总是闭门谢客。

　　一天，阿森远远地看到一伙奇装异服的人提着棍棒朝自家走来，赶紧退回屋子，紧闭门窗。

　　很快，阿森家的木板门被拍得啪啪响。

　　"棒王，快开门，我们打听过了，你在家。"

　　"诸位好汉请回吧，我不是棒王，种地为生，没啥本事。"

　　"你就别装了，东洋大人不辞劳苦，大老远跑来跟你切磋，是看得起你。"

　　呼呼呼，来人越发用力擂门。门颤抖着，很受伤。阿森只好把门打开。

阿森不再说什么，提着杂木棒走出屋门。屋门外的空坪一角，码着一堆维修房屋用的青瓦。阿森捡起两片青瓦，覆在背部，再用腰带捆牢。

"东洋人，来得好，我就献丑了。一起上吧！"阿森向围着他的几个箍着"紧箍咒"的男子拱拱手。

乒乒乓乓，哐啷哐啷……一连串脆响，东洋武士手中的棍棒纷纷坠地。阿森解开腰带，瓦片完好无损。

东洋武士一个个像被施了定身法，张口结舌，怪模怪样，东倒西歪站立着。

"棒王，名不虚传，呦西！"良久，惊醒过来的东洋武士不约而同向阿森鞠躬。

"棒王，你的绝招，如何练就？"夹在东洋武士中一个穿长衫的人问。

"多年前，我背着幼子锄地，遭遇了一群远地方来犯的恶狼……"阿森瞪了那人一眼，话没说完就打住了。"请回吧！"他用力挥挥手，提着木棒，走进房屋。

◀ 老鼠逮猫

乡友群，有人发了个视频，感慨：世道变了，老鼠逮猫。

华老爷子不大相信地点开视频。只见一户富裕人家里，一只灰色老鼠撵着一只肥硕花猫狂奔。房间转角，灰鼠把退无可退的花猫逼急了，花猫一个转身，向灰鼠反击。华老爷子刚想叫好，灰鼠一跃，轻松躲开。好戏继续上演。花猫慌不择路，狼狈逃窜。再到房间转角，灰鼠猛地向前一蹿，一口咬住花猫的尾巴。喵呜！花猫哀鸣蹦跶。

窝囊！华老爷子一拳头砸在饭桌上。饭桌上写有"韶山纪念"几个红字的空搪瓷茶杯蹦起老高，落回桌面时哐当一声脆响。

从上午到下午，华老爷子坐立不安，闷闷不乐。晚上，他打开微信，把上午看到的那个视频转发给儿子。不等儿子回复，他又连发几个红脸怒目、头顶冒火的愤怒表情。

一会后，儿子回复一个笑脸，发来语音聊天请求。

老爷子，别紧张，这是感染了弓形虫的老鼠，大脑被这种寄

玫瑰送给谁

生虫控制了，它追猫其实是一种"自杀"行为。

哼，我看未必！明明是猫怕老鼠嘛！养尊处优惯了，忘记了本分和职责，丧失了能力和威望。

另一头的儿子哈哈大笑。

你还好意思笑！我问你，前不久，一个民警白挨了街痞子一顿揍，你这个当局长的不会不知道吧？

打住，父子私聊，不谈公事。我有事下线了，您老保重！

混账！华老爷子狠狠骂了句。

几天后，乡友群，有人转发官网消息：××涉恶团伙全军覆灭！

华老爷子架起老花镜，一口气看完消息，呵呵笑了。世道没变，猫还是老鼠的天敌。晚上，他点开儿子的微信聊天窗口，一连上了三杯冒着泡的啤酒。儿子整整三个月没回家了。

◀ 谢九喜欢爬山

谢九喜欢爬山，独自爬山。鸟城稍微叫得响的小山大山，他都反反复复爬过。

谢九每爬上山顶，第一件事就是找有利地形，俯视山体周边的建筑群。找准位置后，他迅速伸出右手。竖直拇指，前伸食指。另三指弯曲收拢紧靠掌心。典型的手枪造型。"手枪"对着不同的建筑群点射。啪，小王，享你一粒花生米，现炒的，香。啪，小李，也享你一粒。啪，小张……谢九边挥动"手枪"，边喃喃自语。

周一，办公室。小年轻主任王强用力拍拍谢九的肩膀。

"小谢，昨天又去爬山了？"

"报告王主任，锻炼身体会使我显得年轻，我还想永远'小'下去！哈哈！"谢九笑得很开心，很真诚。

"小谢，帮我把椅子擦一擦。"隔壁传来副科长李斌的喊声。李副科长三十出头，年轻有为。

"遵命，科长大人！"谢九答应得响亮又干脆。

谢九是谁？你也是爬山爱好者，想认识他，找我就对了，他是我的一个顾客。他在某部门做临时工快二十年了，几年前已谢顶，如今年近半百。他呀，还得十年有零才能退休。我真担心他会膝盖劳损。

◀ 残 花

　　快递到的时候，独居的她，正倚着门框，盯着院落门前地上的一朵残花发呆。她熟悉这朵花，花色艳丽，长在门前的树枝上时，漂漂亮亮的她，招引过无数浪荡蜂蝶。

　　快递小哥双手递给她一个纸箱。她赶紧伸出双手接住。

　　好沉。什么东西？她最近没有网购啊？是不是快递小哥送错了？她反复仔细查看收件人地址和姓名，没错，是她本人，千真万确。对了，今天是 2 月 14 日。这个特别的日子，一定还有人记起她，记得她闭花羞月的漂亮，记得她假戏真做的温柔。送她礼物，理所当然。她笑了，笑得很开心，笑得身子微微颤动。

　　谁送的礼物？一定是那个谁！那个谁？记忆中已打捞不出一张清晰的男人脸庞。送的是又是什么宝贝？管它是什么，打开不就知道了。弓着身子，短暂思索后，她握着小剪刀，颤抖着手，小心而又迫不及待地拆开纸箱。

　　纸箱里，立着两个鼓鼓的透明塑料袋。塑料袋上写着几个黑色大字：鸡饲料。

一只巨大的野蜂猝然把它锐利的毒刺狠狠刺进她花容不再的脸颊。她倏地跳起来，抬起右脚狠狠踢在纸箱上。

"去你妈的！"她咬牙切齿骂出这句，踉跄几步，颓然跌倒在沙发上，双手捂着脸，嘤嘤哭起来。

她从来没有养过一只鸡。多年了，她讨厌鸡，甚至连一丁点鸡肉也不吃。

门外，旋起一阵风，卷走了那朵残花。

冷静下来后，她想，或许，她真可以养几只小鸡试试。小鸡可以陪伴她，长大后可以生蛋。她为什么要讨厌鸡呢？

◀ 目击者

小镇坑坑洼洼的十字街东街口，慢慢围了许多人。

围在中间的是一辆外地牌小车和一辆本地牌摩托车。还有开小车的女司机，骑摩托车的老人。

女司机说普通话。她说老人碰瓷，她的车离老人好远，老人就假装摔倒。女司机面对谁说话，谁就把脖子一扭，躲开她。

骑摩托车的老人就住在十字街附近。不少人认得他。老人骂骂咧咧，时不时"哎哟哎哟"呻吟两声。

交警来了。交警问："哪个是目击者？"

围观的人都不作声，慢慢散开。

交警围着小车走一圈，围着摩托车走一圈，又围着躺在地上"哎哟"不停的老人走一圈。

交警问女司机："你的车真没碰老人家？"

女司机赶紧说："警察叔叔，我对天发誓，真没碰他！"

"你的车头装有行车记录仪吗？"

女司机无奈地摇了摇头。

"这里的摄像头刚好坏了，你的车又没装行车记录仪，也找不到目击者，你说没撞他，他说你撞了，信谁呢？"

"看，蔡公的塑像在动！"交警的话刚一落音，附近马路边上，突然有人惊讶地大喊。

所有人面向蔡公塑像，目瞪口呆。老人停止了呻吟。小镇里的一切喧嚣，瞬间都凝固了。

蔡公，一百多年前从小镇走出的大人物，一身正气，两袖清风。

◀ 书来书往

每个月，小伙子都会到书店来淘一次书。小伙子淘书的金额不多不少，每次都是五百元。

小伙子身子单薄，脸上总带着笑。他是个沉默的人，我不主动跟他说话，整个淘书过程，他一句话也不会说。

我对小伙子产生了兴趣。这样的顾客，太独特了。他这样支持我的生意，我想向他表示感谢。我也想问问他，买这么多书干什么？自己看吗？可他每次买的书，总是少儿书居多。而他，明显已是上班族了。

这天，小伙子又来买书了。"你好！"我主动跟他打招呼。小伙子微笑着点点头。很快，我注意到他的脸，倏地红了。

"叔叔……你认出我了吗？"小伙子看着我，轻声说。

我摇摇头，有些吃惊。原来小伙子早就认识我。

"叔叔，十二年前，我在对面上小学。顺过你的书……"小伙子把头扭向书店对面的小学。

"呵呵，小孩子嘛，不懂事。"我故作轻松地笑着说，还是想不起他是谁。

"有一次，你抓到了我，并没有声张。你小声问我是不是忘记付款了。我点了头，可是，我的口袋里一分钱也没有。"小伙子再次面向我。我看到他的眼，不知何时湿润了。

"后来，你又问我爸妈干什么工作。我说是清洁工。你说清洁工好啊，城市美容师。你要我向爸妈学习，干干净净做人。你还把书送给了我。"

我终于想起，多年前，是有这么回事。

"我记着你的话。去年，我大学毕业，很快有了一份不错的工作。我联系了一些山区贫困地区，每个月给他们捐赠些图书，一方面也是想报答你。"

"谢谢你！"我轻轻拍拍小伙子的肩膀。

◀ 姐姐的十八岁生日

我说的是四十多年前，改革开放政策才刚刚冒头时的事，你不要不可思议。

我的姐姐，一个人，坐在水库的堤坝上。她穿着一件白底红花的半新衬衣，一条半新的黑色裤子。这衬衣，这裤子，都是她十五岁那年，上初中时，父亲扯了布料，请裁缝师傅为她量身定做的。三年过去，衬衣、裤子再穿在姐姐身上，已经显小。显小也没办法，她再没有更好的衬衣和裤子。

衬衣和裤子皱巴巴，姐姐脚上的棕色半高跟皮鞋，却是崭新的，熠熠生辉。

一大早，姐姐背了半袋子大豆，挥汗如雨，步行十公里。在街上卖了大豆，姐姐用卖到的钱，去供销社买了那双棕色半高跟皮鞋。这件事，姐姐事先没有跟姆妈商量。

从街上回来，姐姐胆怯地把买到的皮鞋拿给姆妈看。

"啊！一家人饭都吃不饱，你是要穿了这双皮鞋去死吗？"

气得发抖的姆妈，把皮鞋狠狠地砸在地上，破口大骂。

姐姐默默地捡起皮鞋，默默地走进房间里。

姐姐轻轻地从箱子里翻出那件白底红花的半新衬衣，翻出那条半新的黑色长裤。换好衣服后，她踢掉脚上的解放鞋，穿上新买的皮鞋。

那天下午，姐姐失踪了。一直到傍晚，有人找到家里来，说姐姐一个人坐在水库堤坝上，一直在哭泣。

我的傻姐姐，是真想穿了那双新皮鞋，在十八岁的美丽生日里，给自己的生命画上句号。

◀ 刀出鞘

黑黑的把儿，黑黑的皮刀鞘，这把刀子，跟匕首差不多长。

"老板，这个，多少钱？"阳阳的喉咙里，发出低沉的声音。

店老板是个六十多岁的老头子。他上上下下打量穿着校服的阳阳好一会。

"同学，削水果？"老头子微笑着问阳阳。

阳阳轻轻地点点头，目光紧紧咬着那把刀子。

"学校不允许带这种刀子进校园吧？推荐新到的一款瑞士去皮神器，方便又耐用。"老头子从柜台里拿出一个外形像弹弓的不锈钢去皮器，放在阳阳面前。

阳阳使劲摇头，目光还是不离开那把刀子。

"那买这种小一点的吧，挂在钥匙串上，不碍事。"老头子又从柜台里拿出一款折叠后只有两寸来长的小水果刀。

"不，我就买这种！"阳阳低沉地说着，眼睛里射出两束寒光。

"同学，你买刀当真用来削水果？你的脸怎么了？还有你的手背？”老头子收起笑容。

阳阳的脸，又红又肿。手背上，有处蚯蚓样暗红的血迹。

阳阳不作声。老头子伸手从柜台里拿出那把跟匕首差不多长的黑皮鞘刀子，递给阳阳。阳阳左手握刀柄，右手握刀鞘，用力一拔。刀鞘与刀身分离的一瞬，阳阳轻轻地“啊”了一声。

这是一把断了大半截，锈迹斑斑的刀子。

“孩子，五十年前，我跟你差不多大，几个高年级同学欺侮我。我一怒之下，拿了这把刀子回去找他们算账。我把他们扎伤了，结果却让父母倾家荡产……后来，我用钢锯把刀子锯断，让断刀一直陪在身边。”

阳阳的眼里流下泪来。

“走吧，孩子，我陪你回学校，报告老师，让那些随便动手打人的同学赔礼道歉！”

◀ 奈若何

　　十岁左右的他，帮父亲一趟趟搬书，从书房往外搬，从父亲的床头往外搬。

　　屋外空坪里，一床晒席展开，又一床晒席展开。

　　父亲的脸上阴云密布。

　　一册册，一函函保存完好的线装古书，整齐地码在晒席上。

　　终于，搬完了。上万册书，经史子集，铺满十多床晒席。

　　父亲费力地从屋里捧出一坛老酒，绕着晒席，将酒轻轻地、均匀地洒在书上。

　　他鼓着眼睛，傻傻地看着父亲。父亲晒书，又为何弄湿书？

　　就在不久前，他不小心，一滴茶水溅到父亲正在看的书上，挨了父亲一顿臭骂。

　　父亲颤抖的手划燃火柴。一册古书燃烧起来，又一册古书燃烧起来。

　　天气晴朗，偶尔刮起一阵风。

他懵懵懂懂，手拿棍子，拨动冒着青烟的书。

"别动！"父亲一声断喝，如晴天霹雳。

他身子一抖，惊讶地看向父亲。

"扑通"，父亲重重跪在燃烧的书前。

他看到，火蔓延到父亲烤得通红的眼睛里，泪水久浇不灭。

他看到，阵风吹起灰烬，如万千只灰色的蝴蝶，在父亲头顶盘旋。

他看到，青烟袅袅升起，变成滚滚乌云，遮住了刺眼的太阳。

天亮了又黑，黑了又亮。他的父亲，任谁也拉不动，一直跪在冒烟的书前。

整整一个星期后，灰飞烟灭，空坪上不再有书的影子，也不再有他父亲的影子。

他不知道父亲去了哪里。几十年后，他老了，仍然不知道父亲去了哪里。

他永远记得那一天，1937年，那个青烟聚成乌云，遮住刺眼太阳的夏日。

第四辑 谢炬梦书

◀ 抽烟的女孩系列

迷路的女孩

大哥，哎，大哥，请问春风巷十号怎么走？

春风巷十号？不知道，你问问别人吧。

靓仔，靓仔，春风巷十号怎么走？

春风巷十号？嘿嘿，好浪漫的名字！要不要我陪你一起找？

谢谢！还是我自己慢慢找吧。

大爷，大爷，请问您是本地人吧？

是啊，细妹子，有事？

您一定知道春风巷十号在哪儿，快请告诉我。

春风巷？没这个地方啊。

春风巷十号，明明是她的家，怎么大家都不知道？

要过年了，妈妈给她梳头，爸爸给她买了一条漂亮的红围巾。

这不，漂亮的红围巾正围在她的脖子上。

十字路口，左顾右盼，她终于选定了前行的方向。

她想起来了，漂亮的红围巾，是一个好心的阿姨送给她的。

昨晚，她只是做了一个梦。春风巷十号，是她梦中的家。十五岁的她，还得在福利院待两年。

雨中奔跑的女孩

女孩，红衣女孩，奔跑的红衣女孩，雨中奔跑的红衣女孩……

她为什么不带雨伞？

为什么不找个地方躲躲雨？

为什么要把自己淋成落汤鸡？

为什么？

为什么？

嵘从屋檐下冲进雨帘。

嵘的手上握着雨伞。

嵘是一个英俊的小伙子，我的未婚夫，我的亲爱。

一声汽车刺耳的急刹声，嵘的身子飞起，落下。

雨中奔跑的红衣女孩是我。嵘是来接我的。

天明明下着雨，我为什么出门不带雨伞？

为什么不找个地方躲躲雨？

为什么要把自己淋成落汤鸡？

为什么？

为什么？

哭泣的女孩

梨花带雨。

他说，对不起，对不起。

地动山摇。

他双手猛扯自己的头发，不知所措。

粉拳雨点般擂在他的胸脯上。

他站稳了，不躲闪不后退。

累了，她抽泣着，倒在沙发上。

他捉住她的手，扇自己的耳光。

她用力把手抽回，坐直了，手背往眼睛上抹了抹。

好了，她说。

斜射进屋的阳光抚在她的脸上。腮边的泪如珍珠，闪耀着亮光。

抽烟的女孩

纤细的腰身，雪白的肌肤。

要么燃烧，要么发霉。她想不出，还会有第三条出路。

对了，还可以揉碎。她冰冷的身子，颤抖了一下，又颤抖一下。

他轻手轻脚靠近她。呆呆地站了会，咔嚓一声打燃火机。

"想抽就抽一支。"

他边说边走过去，点燃她手上的香烟。

眼泪下坠，烟雾升腾。

纤细的腰身，雪白的肌肤。是香烟，也是她自己。

"抽完了，忘记过去。"渐行渐远的他，向她挥挥手。

喝红酒的女孩

他说，女孩喝红酒，有益健康。

她相信他。皱着眉，咪一小口，再咪一小口。皱着的眉慢慢舒展开来。

他说，女孩喝红酒，有美容的功效。

她相信他。小盏换成了大杯。

他说，女孩喝红酒，喝醉了更迷人。

她相信他。一醉方休。

今夜，独自倒满一大杯酒。

杯是那种有着修长美腿的玻璃杯。红酒注入后，远远看去，恰似一朵含苞待放的玫瑰。

可她已不再是含苞待放的玫瑰。

◀ 谢炬梦书系列

我是书

中午饭后，难得的半小时休息时间。谢炬头枕一份厚厚的《特区报》，来不及用破草帽盖住脸，就打起了呼噜。他实在太累了。

眼前，一个女孩手捧一本书，正看得津津有味。女孩是队长王威的女儿，叫宁宁。谢炬不喜欢王威，但喜欢宁宁。当然，他只能暗暗地喜欢。如果明着来，他担心王威会打断他的腿，再炒他的鱿鱼。

"嗨，你是谁？"宁宁猛地回过头，微笑着问谢炬。

谢炬猝不及防，紧紧附着在宁宁身上的目光避之不及。

谢炬听人说，女孩的第六感觉厉害，看来是真的。宁宁一定早已感觉到他火辣辣的目光。

"我……我……是书。"谢炬语无伦次，脸唰的一下，红到脖子根。

"嘻嘻，你是树？树木的树？木头木脑，你不会真是木头人吧？"宁宁笑，露出两颗好看的小虎牙。

"不，是书，就是你捧着读的书。"谢炬手指宁宁手中的书，将错就错。

"哦，你是书！嘻嘻，怪哉，你怎么会取这么一个名呢？"

"因为，因为我知道你爱看书……"

"嘻嘻，你这个木头人，还蛮坏的！"

宁宁说完，挥起小胳膊，一拳捶在谢炬的腰上。谢炬呲牙咧嘴，"哎哟"一声，夸张地嚎叫。

谢炬把自己吵醒了，猛地翻身而起。宁宁不见了，面前站着王威。王威的硬皮鞋本来是要踢他的屁股，用力过猛，踢歪了，踢在他的腰上。

"干活了！猪！"

"你才是猪！我……"谢炬在心里狠狠骂出几个字后，扬起手扇了自己一耳光。他恨王威，但他不能对不起宁宁。

宁宁，到底有没有这个人

谢炬自从梦到宁宁看书，慌乱中说自己是书后，心里便装满了书。一有半点空闲时间，他就往附近的书店或图书馆跑。要想成为书，就得先熟悉书。

吃着碗里的饭，盯着锅里的肉。谢炬心猿意马，白日梦常做，挨队长王威的骂常有。

谢炬个子小，力气自然也小。干活，人家出五六分力，他得使八九分劲，甚至竭尽全力。人家扛两包水泥，蹬蹬蹬小跑上楼。

他咬紧牙关，一次只能扛一包。王威骂他废物，他只能认，硬是硬不起来的。想硬的话，只有一条路，拍屁股走人。可他能去哪里呢？

现在有个更重要的问题让谢炬十分纠结。王威到底有没有一个正当芳龄的女儿？如果没有，那他真是太亏了。受了这么多窝囊气，怎么出呢？

列位看官，是不是觉得这个谢炬是个小人？不但窝囊，还卑鄙无耻。要么就是他的脑袋给驴踢了。要出气，直接找王威算账不就完了？干吗要去祸害他那无辜的女儿？

站着不腰疼。谢炬找牛高马大的王威算账，那不正是以卵击石吗？胜算全无，还不如忍气吞声算了。

王威得有个女儿，跟谢炬一样，正当爱做白日梦的年龄。她的名字，最好就叫宁宁。这个名字，谢炬喜欢。宁宁，安宁，宁静。有这样名字的女孩，一定很贤惠，很温柔。水一样的性格跟跋扈的王威截然相反。这样，王威加害给谢炬心里的创伤，她就可以抚平。再说，她叫宁宁的话，谢炬跟她简直就是心有灵犀了。他说自己是书的那个梦，肯定要说给宁宁听。她听完，肯定要笑得花枝乱颤。啊，那情景，真是太美了！

万一王威的女儿不叫宁宁也无妨，叫安安，叫静静，或叫别的名字，也行的。总之，得有这个人。

请叫我炬

谢炬跑书店次数多了，肚子里的墨水也多了。每当下雨停工的日子，他往往是一整天一整天泡在书海里。他也不是光白看，老占书店老板的便宜。短短几个月里，他买书不少。宿舍床上床下，或堆或塞，全是书，有的还是城墙砖一样厚的大部头。这些书，绊过下铺工友二癫的脚，砸过二癫的脑壳。二癫已几次挥动老拳，对他提出严厉警告。

好在，谢炬活学活用，有几次，二癫干活时险些失误，都是谢炬看出苗头，及时纠正。否则，二癫不但要增加返工的劳累，工资也得捅几个窟窿。这等有功之事，二癫自然也都记在心里。轮到谢炬再干力不能胜的重活，二癫就会对谢炬吼："小子，一边去，看我的！"

这次，谢炬听话地站到一边，从口袋里掏出一本袖珍图书，打发难得的悠闲时光。

"啪""啪"，队长王威的手掌拍在谢炬的胳膊上，宝贝袖珍书掉在地上，声声相连。

"猪，不想干了？不想干立马给老子滚蛋！"

"请叫我炬，你才是猪！我干得比谁少？干得比谁差？你倒是说说？！"谢炬气坏了，手直指王威鼻子尖。

"反了反了！"王威气得一脚踏在书上。

正在忙活的二癫吓傻了，好久才反应过来，讷讷地说："老……老大，休……休怒，误会，误会，谢炬在查资料，保证我们的工段高质量完成。"

"哼，查资料，把自己当工程师啊！废物就是废物，难不成还能变成金子？"

"移开你的猪脚。书中自有黄金屋，你不会没听说过吧？忍你太久了！等着瞧，我还真就能变成金子！"

谢炬终于敢跟王威算账了，老账新账一起算。只是遗憾，外人都不知道。他倚着脚手架打盹的片刻，又做梦了。

跟　踪

每天傍晚，队长王威都要从工地赶回自己租住在城中村的家。

这是个阴天，夜晚来得早。

喧嚣的大街灯火辉煌，城中村的小巷光线暗淡。

朦胧中，有个瘦小的影子，神不知鬼不觉地尾随着王威。

乏力的路灯照出一座老旧平房的棱角。一扇窗户里透出明亮的电灯光。王威的家到了。

"宁宁，爸爸回来了，快开门。"王威一改在工地时的威严，轻轻地拍着门扇，柔声叫门。

"来了来了！"银玲般的嗓音，音符一般欢快的脚步声。

距王威十米开外的那个瘦小影子，突然像遭了电击，险些瘫倒在地。这个瘦小的影子不是别人，正是王威的下属，也是他的冤家对头谢炬。谢炬苦于王威的淫威久矣，报复的计划做了一个又一个，个个胎死腹中。现在，可以肯定，真是老天有眼，谢炬的一个梦想很快就可成真。

天啊，王威果真有个正当芳龄的女儿！

天啊，王威的女儿居然真叫宁宁！

谢炬的心怦怦跳着，快要飞出胸膛了。他慌忙用手捂紧。

这个梦中的女孩，不用看，他就知道她的活泼贤淑模样。

"王威，你给我听着！"谢炬扬起拳头，一晃一晃，"你可以叫我猪，可以叫我废物，但你的女儿不能，也不会！我的名字叫炬，火炬的炬，我的前程一片光明。有你女儿在的梦里，我是书，有着无穷的力量。我做苦力只是暂时，我的未来有着无限的可能！我要让你的女儿喜欢上我，我要给她一辈子的幸福！"

王威并没有听到谢炬梦呓般的话。那声音，比蚊子叫声还小。有一种可能，假如一墙之隔的宁宁果真跟谢炬心有灵犀，她一定会听到。

伙计，辛苦你了

乐得雨天停工，谢炬猫进了图书馆。

借好书后，谢炬瞄瞄靠窗户的老地方，空着。刚刚落座，耳边就响起轻柔的女声："哥，这里有人吗？"

谢炬循声抬头望去，脸唰地红了，忙不迭地点头又摇头。

"嘻嘻，又点头又摇头，到底有人还是没人？"

"你……你坐下来，不就有人了？"谢炬尴尬地笑。

这个甜甜地叫他哥的女孩，似曾相识，在哪里见过呢？谢炬心里有一头小鹿在来回冲撞。

想起来了，宁宁！对，就是宁宁！谢炬心里的狂喜如大海里掀起的波浪，一阵阵，一排排，压也压不住。好不容易，波浪平静下来，心里又像有千万只蚂蚁在爬，痒得难受。

书是看不进去了。谢炬想离开，又万分不舍。仿佛过了一个世纪，谢炬终于下定决心，跟宁宁聊聊。

不能影响周围的读者，谢炬一阵抓耳挠腮后，将重任交给了自带的笔记本。

伙计，辛苦你了！

谢炬悄悄地捧起笔记本，在脸上贴了一下，小心摊开。

你是宁宁？

谢炬默默念叨，努力安抚心中的小鹿，缓缓着笔。几个字飘逸灵动，像在跳舞。他把笔记本轻轻推给女孩。女孩接过笔记本，瞄一眼，落笔唰唰回复。

怪哉，你怎么知道？

女孩把笔记本推回给谢炬。

果然字如其人，端庄秀丽。谢炬心里的小鹿，又冲撞了一下。

说来话长。如果你不介意，我们去外面聊聊。

谢炬再次把笔记本推给女孩。

好啊，嘻嘻，看你也不像坏人，不怕你把我吃了。

哈哈，我不会是在做梦吧？谢炬画了个张口笑的表情，合上笔记本。

窗外，雨过天晴。跟在女孩身后走出图书馆时，谢炬使劲掐了 N 次手臂。痛。

原来是你啊

图书馆外，林荫路边，谢炬和宁宁。

"嘻嘻，怪哉，你知道我叫宁宁，那你又是谁？"宁宁眼眸含笑，问谢炬。

"我？我是书！"谢炬眼里闪着狡黠的光。

"嘻嘻，树木的树吗？你是木头人？"

"不，是你手上的书！"

"你这人，怎么这么不正经，我还当你是老实人呢！哼，不理你了！"

"别别！"谢炬急了，"我该怎么跟你说呢？"

"实话实说！"

"好吧，我名叫炬，建筑小工……"

"你认识王威？"

"对啊，他是我们队长。"

"原来是你啊！"女孩伸出双手，双掌往前推。

这回谢炬脑袋灵光了，也伸出双手，双掌对准女孩推过来的双掌。"啪"，两人充满激情地击掌，惊飞了树上正在谈情说爱的两只小鸟。

"我爸常说起你，说你这小子不错，一有空闲就看书，有进取心。"

"啊，不会吧？你爸会夸我？"

"有什么好奇怪的，我爸就是外冷内热的一个人。他批评你，只是想激起你内心的斗志。"

一股暖流，涤荡着谢炬的心。人啊人，要看清好坏，真不容易。

"谢谢你爸！"谢炬的眼睛湿润了，"看来，我不该骚扰你。"

"说什么呢！你是我爸的同事，知根知底。你喜欢书，我也喜欢书，我们有共同的爱好，我希望被你骚扰！"

几缕金色的阳光从枝叶的缝隙漏下来，洒在谢炬和宁宁的身上，变成一个个小小的太阳。有个小太阳落在宁宁手握的书上，还有个小太阳落在宁宁红润的脸庞上。谢炬好生羡慕这两个小小的太阳。

太阳从书上升起

黎明的黑暗渐渐淡去。

天地间，躺着一本展开的硕大的书。许许多多的精灵，在书页上载歌载舞。这些精灵仿佛在举行某种盛大的仪式。

热闹的场面突然安静下来，一枚巨大的金蛋从书上冉冉升起。

"啊，太阳！"谢炬叫出了声，醒了，原来又是一个白日梦。

梦醒后的谢炬很兴奋。他似乎得到了神灵的某种启示。究竟是什么启示，他还说不清楚。他迫切地想跟人分享这个梦。跟谁分享呢？睡下铺的工友二癞？当然不会，这位老兄干活是一把好手，你跟他说梦，他会骂你神经病。那么跟队长王威说吗？更不能。跟王威说梦，王威不但会骂神经病，还会赏屁股一脚。

找宁宁去！

"哥，你做的这个梦，好奇特，我喜欢。"宁宁的眼睛瞪得大大的，露出两颗可爱的小虎牙，惊奇而又快乐。

"是吗？你觉得，我为什么会做这样一个梦呢？"

"嘻嘻，我又不是周公。"宁宁笑，"要我胡乱猜的话，我以为，你马上就会时来运转，幸运女神就会敲响你的门。"

"哈，我宁愿你敲响我的门！"谢炬看着宁宁的眼，一脸坏笑。

"讨厌！"宁宁踢了谢炬一脚。"我的意思是，你这么喜欢书，用劲读书，书一定会带给你丰富的回报。你的人生，就像那枚冉冉升起的太阳。"

"我还是更乐意做你手中捧读的那本书。"

"讨厌！真讨厌！"宁宁的粉拳，雨点般落在谢炬的背上，肩膀上，心窝上。

我是你永远的读者

像风吹，又不像风吹，宁宁手上的书自动翻着页。

宁宁觉得奇怪。突然，她似乎悟到了什么，心跳加剧，脸上泛起红晕。

"你给我老实点！"宁宁的身边没有其他人，也没有阿猫阿狗。她像是自言自语。她当然不是自言自语。她是对手上捧着的书说话。她手上捧着的书果然就一动不动，老实了。这是一本有关爱情的书，看似平淡却感天动地的爱情故事。

"你说你是书，你说你会让我读得开心，读得满足。你还说你被我捧在手上，会感到幸福。你说的可都是真心话？"宁宁左手托书，右手纤纤食指轻轻敲打着书页。

"我发誓……"书说话了。书只来得及说出三个字，宁宁赶紧把书合上。

"炬，木头人，谁要你发誓来着？嘻嘻，要发誓，你只能像古人这样说：'山无棱……天地合，乃敢与君绝。'"

"我发誓，如果我说的是假话，我就是一本坏书，你随时都可以把我扔进垃圾桶去。"

"呸，呸，呸！"宁宁急切地说着，"乌鸦嘴！"

"山无棱，江水为竭，冬雷震震，夏雨雪，天地合，乃敢与君绝。"

"好吧，我相信你。你是书，是一部内容精彩丰富的好书，是一部我读着读着就幸福满满的好书。我呢，我愿是你永远永远的读者！读你千遍万遍，读你永不厌倦！"

宁宁对着手中的书说这些话的时候，心跳越来越快。她那颗调皮的小心脏，感觉马上就要跳出胸膛了，她赶紧用手去捂。突然的动作，她把自己弄醒了。入梦的书还在手上，宁宁把它紧紧贴在脸上。

托起心中的太阳

谢炬在上铺烙了几夜烧饼，搞得下铺的工友兄弟二癞暴跳如雷，嚷嚷着要把他这张烧饼蘸了辣椒酱一口吃掉。

谢炬的建筑小工这个职业，定格在10月28日这一天。一大早，他就向队长王威提交了辞工书。

"嘿，你小子翅膀硬了？"这次，王威没有骂谢炬是猪，也没有说他是废物。

"想换种活法。"谢炬淡淡地说。

"留下来，给你技术员待遇，怎么样？"王威不威，软言细语，态度诚恳，跟之前相比判若两人。

"谢了，我还是想干自己喜欢的事。"

"好，有种！祝你一切顺利！"王威说着，向前伸出两手，两掌对着谢炬。谢炬会意，四掌相击。"啪"，有力的声波，传出老远。

不远处一棵榕树上，飞出一只小鸟。小鸟在谢炬的头顶盘旋一周，翅膀划过的痕迹就像一枚太阳。谢炬展开手中握着的一本厚书，高举着，托起那枚只有他自己能看见，别人却看不见的太阳。这里的别人，当然不包括宁宁。他相信，宁宁看得见。

半个月后，距工地不到五百米的地方，新开了一家名叫黄金屋的小书店。小书店年轻的老板，工地上的工友们都认识。队长王威和工友们，下雨天停工的日子，常去书店翻翻书。工友们无论工作上还是生活上遇到什么疑难问题，都会向年轻的老板求解。在他们的眼里，年轻的老板就是一部百科全书。

一年后，小书店的老板结婚了。婚宴上，王威坐了头席。

◀ 穿橙色衣服的老太太系列

谁在说话

李阿姨蔫头耷脑，整天瘫在一张旧藤椅里。

"哎哟，哎哟！"李阿姨不时发出一声轻轻的呻吟。她不知道哪里痛，又好像身上所有的零件都有毛病。

"哎哟！"又是一声轻轻地呻吟。李阿姨吃了一惊。她确信，这次呻吟不是她自己发出来的。她的嘴里正含着一颗棒棒糖。这颗棒棒糖是早晨宝贝孙女丝丝给她的。丝丝临上学前，叮嘱她："奶奶，你一个人在家，要快乐哦！没事干，就去外面走走吧。"李阿姨目送丝丝离开，脸上的笑意慢慢结了冰。

还有谁喊"哎哟"？屋子里就她一个人哩。

"你其实健旺得很，出去走走吧，不能太依赖我。"声音咋这么耳熟？

"谁？"李阿姨倏地站起来。

声音就在耳边。可李阿姨身旁，只有刚才坐着的旧藤椅。多年前，旧藤椅是她老伴的最爱。老伴驾鹤西去后，旧藤椅很快成了李阿姨的最爱。

李阿姨盯着旧藤椅，清醒过来的头脑马上意识到，她刚才做白日梦了。如果藤椅会说话，它发出呻吟，一点也不奇怪。它也是一把老骨头了，李阿姨却不肯让它片刻空闲。

"你其实健旺得很，不能太依赖我，要过自己的新生活。"分明是老伴的叮咛。那么，梦里，到底是藤椅在说话，还是老伴在说话？

李阿姨沉思着，离开藤椅，在房间里踱来踱去。这一踱让她确信，她的双腿没问题，身上其他零件也没问题。她真的很健旺，出去走走，绝对没问题。

拐　棍

门外，春意融融。

李阿姨走进卧室，蹲下，伸手在床底下摸了半天，摸出一支竹拐棍来。站起身，双手捧起拐棍，像捧着个宝贝儿。

"对不起，冷落你太久了！"李阿姨温暖的目光落在拐棍上，慢慢移动。拐棍上已积了一层薄薄的灰尘。她找来抹布，一遍遍轻轻擦拭，直到拐棍焕然一新。

拐棍是儿子几个月前买给她的。

"妈，没事就到外面去走走，晒晒太阳，呼吸下新鲜空气。"儿子递给她拐棍时，微笑着对她说。

"我的双脚又没废，要什么拐棍？！"那一刻，她的心口突然蹦出一股无名火。过了好久，她才接过儿子手中的拐棍，从旧藤椅里唰的一声站起来，快步走进卧室，用力把拐棍塞到床底下。"哐当"一声，拐棍发出痛苦的呻吟。

此后的每天，绝大部分时间，她一如既往瘫坐在旧藤椅里，哪里也不想去。

"都发霉了！走吧走吧，是时候到外面去晒晒太阳，呼吸下新鲜空气啰。"

李阿姨拄着拐棍，正要走出卧室，转身看到衣柜镜子里穿着黑衣服的自己，愣住了。"这身黑，与春天不搭哩！"她自言自语，赶紧从柜子里翻出一件橙色衣服。这件橙色衣服是儿媳给她买的，她不太满意，很少穿。橙色，又亮又暖，似乎年轻人才配拥有。

李阿姨换上橙色衣服，感觉到一点小小的别扭，精气神却陡然上升。出门，步子稳稳当当，她干脆把拐棍扛在肩上。

滚

往西走十来分钟是文心公园，往东走二十多分钟是人才公园。李阿姨出门往西。

上一次到文心公园是什么时候？李阿姨怎么想也想不起来。"老了，真是废物！"她一连摇了好几下头。

李阿姨一路扛着拐棍，来到公园相对偏僻的一块水泥平地边。

一个头顶"白霜"的老头，手握一支跟李阿姨扛在肩上的拐棍一样大小的毛笔。他的旁边是大半桶清水。毛笔蘸了清水，在水泥地面上挥动。李阿姨还从来没有看到过这么大一支毛笔，简直就像一支拖把。她惊讶地张开嘴巴，呆呆地站着，看老头怎么挥动这么大的毛笔写字。

老头不动声色地看了眼李阿姨，毛笔在水桶里沾满清水后，以地面为纸，笔走龙蛇。

"滚"，这个行楷字，上过初中的李阿姨当然认得。她立马合拢嘴，拉下脸。死老头，看你写字要什么紧？至于骂人吗？偏不滚，你还吃了我不成？

老头又不动声色地看了眼李阿姨，毛笔在水桶里沾满清水后，再一次笔走龙蛇。

又是一个"滚"！李阿姨那个气啊，凤眼圆睁，扛在肩上的拐棍往地上狠狠一戳，"笃"声脆响。"神~经~病！"三个滚烫的字，子弹一样射上老头。老头吓了一跳，瞬间明白过来，呵呵一笑，运笔如飞，边写边摇头晃脑吟哦：

滚滚长江东逝水，浪花淘尽英雄。

是非成败转头空。

青山依旧在，几度夕阳红……

李阿姨听着听着，脸渐渐红了，赶紧落荒而逃。

夕阳红

李阿姨在公园里东瞧瞧西看看。她看别人，别人也看她。她把拐棍扛在肩上，好像一个肩扛长枪的老红色娘子军，一路回头率爆表，心中暗暗得意。她还可以风风火火，的的确确健旺得很，走路根本用不上拐棍帮忙。

大约半个小时后，她转回到白发老头用大毛笔蘸了清水写大字的水泥平地。白发老头已经离开了，地面上干干净净，一点写过字的痕迹也没有。看不到那两个引起误会的"滚"字，李阿姨居然有些失望。本来嘛，如果老头还在的话，她想笑着夸他几句，字写得真好！算是不该对他发怒的补偿。

李阿姨低头久久地搜索着老头写"滚"字的位置。拐棍的一头轻轻地敲打着地面。"滚滚长江……夕阳红……"她边敲打地面，边在脑海里苦苦搜寻老头书写和朗诵过的那首诗。无奈得很，想烂脑壳，她也只想出几个字来。

"夕阳红，夕阳红……"李阿姨喃喃自语。抬头，太阳正要当顶，辣眼睛。夕阳总是温和的样子，让人恋恋不舍。李阿姨在农村操劳大半辈子，许许多多日子，一看到夕阳，她心里就有些发慌，恨不得用长绳把夕阳牵住，她好借光再多干些农活。可是，自从来到城里后，高楼大厦林立，遮天蔽日，她的目光大大受阻。她也不用再到地里去干活，见，或者不见夕阳，都已经无关紧要。

这会，李阿姨突然特别想再看看夕阳，看看夕阳那不刺眼又亮晃晃的橙红。时候尚早，先回家吃中午饭。

喜事

丝丝中午下学回来了。李阿姨笑着迎出家门好远。这种情况可不常见，丝丝有些疑惑。

"奶奶，你穿着橙色衣服真好看！今天有什么喜事吗？"

"呵呵，奶奶今天去文心公园了，算不算喜事？"

"我看算！奶奶晒太阳了吧？难怪神清气爽。"

李阿姨一听到"太阳"两字，抬头望天。蓝蓝的天上，白云飘荡。太阳刚刚偏西，还很刺眼。

"丝丝，奶奶考考你，有一首诗，打头的几个字是滚滚长江，后面还有夕阳红，你记得这是首什么诗吗？"

"奶奶，不是诗，是词。电视剧《三国演义》片头曲，熟悉得很，您也看过的。"

"哦，奶奶老糊涂了。嗯，怪不得好像在哪里听过。"

"奶奶，我背给你听：

滚滚长江东逝水，浪花淘尽英雄。

是非成败转头空。

青山依旧在，几度夕阳红。

白发渔樵江渚上，惯看秋月春风。

一壶浊酒喜相逢。

古今多少事，都付笑谈中。"

李阿姨边听边点头，大拇哥高高竖起，在丝丝面前来回晃。小孩子，不愧是早晨八九点钟的太阳，记性就是好。

原来是你啊

午睡醒来，李阿姨在旧藤椅上只坐了一小会，突然一弹而起。

"去人才公园逛逛，看夕阳！"她果断地做出决定。

出门，一路向东，二十多分钟就到了目的地。

李阿姨慢慢走，慢慢看。快到星光桥时，她眼前一亮。她又看到那个头顶"白雪"的老头了。老头在中心湖岸边支了一个画架，正在写生。李阿姨不由自主地靠过去。

老头面向西方，画蓝天，画白云，画夕阳，画"春笋"。也画它们在水中的倒影。画完了远景，又画近景。老头的画板上，出现了一个身穿橙红衣服的女人。

李阿姨看着看着，感觉有点不对劲。

"嗨，你画谁呢？"一语惊动一平如镜的湖面，微波荡漾。

老头转脸看看李阿姨，笑了："原来是你啊！"

"你画谁了？"李阿姨阴下脸，佯装生气。

"哈，我刚才只注意水中的倒影，看着正合画意，立马就请进画里了。别介意，我会把你画得很漂亮的。"

"什么漂亮不漂亮，七老八十的老太婆还讲究个啥。不过，你既然画了我，我可不可把你这幅画买下来？"

"嘿，买什么买！我就图个乐子，又不是靠卖画为生。你喜欢，送给你好了。"

微风起，画颤动，人起舞。李阿姨回到十八九岁的青春年华。乡里唱花鼓戏，《刘海砍樵》，她演胡大姐。

画好了，老头又在留白处题了五个字：最美夕阳红。

李阿姨仿如梦醒，欣喜地接过老头双手递给她的画作，连连说"谢谢谢谢"。末了，她又说："今天上午我在文心公园看你写字，没看明白就对你发火，实在对不住啦！"

老头挥挥手："呵呵，没关系没关系，你又没有用拐棍打我。"

健身秘诀

蓝蓝的天。

棉絮一样的白云。

蛋黄一样亲和的夕阳。

闪着银光的"春笋"。

微波荡漾的中心湖。

橙红衣服的老太太。

"最美夕阳红"题字。

李阿姨抬头看一眼风景,低头看一眼"白霜"老头作的画,脸上竟有了喝酒微醺时的红晕。

"嗨,画得这么好,你是大画家?"李阿姨问老头。

"不敢称家。退休了,给自己找点事做,不然会闲出毛病的。"

"闲出毛病?"李阿姨轻声重复着老头的话,心有所动。"那你说,我如果也想学画的话,能成吗?"

"你想成家吗?"

李阿姨摇头。

"你想成名吗?"

李阿姨还是摇头。

"这么说,你只是喜欢,对吧?喜欢就画呗,管它画好画坏!"

"不瞒你说,我身体有好多毛病。高血压,冠心病,风湿,腰酸背痛……这些都是闲出来的吗?"

"呵呵,这个我说不好。我只以自身为例,你说的这些毛病,我之前也有。可自从我迷上写字和绘画后,我把它们都忘记了。

每天心里充实，心情大好，那些毛病，居然好长时间没来找我麻烦啦！"老头说到这里，笑着看一眼李阿姨，故作高深地竖起食指，压在嘴上："嘘，我这可是健身秘诀，不轻易外传！"

"去你的！"李阿姨嗔骂，像是转眼回到了少女时代。"这样行呗，我从明天开始就学习绘画，你把电话号码告诉我，我好向你请教。"

"没问题！当然，你也可以去上社区里的免费老年大学。悄悄告诉你，我还是那里的绘画老师呢！"老头爽快地答应了。

"好！一言为定！我不管你姓什么，干脆叫你夕阳红老师好啦。"李阿姨丢失了多年的调皮天性，又回来啦。

最美夕阳红

回家的路，灯火辉煌。

李阿姨一进屋门，就张罗着把那张旧藤椅往储物间搬。儿子抢着活干的同时，笑着说："嘿，今天太阳从西边出来吗？你老人家终于舍得丢下这把旧藤椅了。"

"小子，少贫嘴！告诉你，从明天开始，不，马上，我要开始新的生活。"

"啊！怎么个新法？"儿子故作惊讶地问。

"帮我把这画挂到墙上。"李阿姨答非所问。

蓝天，白云，夕阳，"春笋"，湖泊，橙色衣服的老太太。

"咦，老妈子，你从哪里弄来这么一幅含义丰富的国画？画中的老太太，是你吗？真精神！"

"啊，太像妈妈了，好漂亮哦！"儿媳妇竖直大拇哥，一个劲地夸。

"哈哈，奶奶笑得真甜！我就说嘛，奶奶你一个人在家时，也要快乐。如果在家里不快乐，那就到外面去寻找快乐。"丝丝边看画边拍手边蹦跳边说话。人小鬼大，说出的话居然有几分哲理。

"看到画中的几个字了吧？最美夕阳红！从今往后，我不会再让你们担心我不快乐。我要老有所乐，老有所为。我可是有底子的，我的刺绣作品，得过县里的大奖呢！"李阿姨喜笑颜开，喋喋不休。"明天开始，我要去上老年大学，学习绘画！"她郑重宣布。

"耶！耶！耶！"一片欢呼声。

"啪啪啪……"经久不息的掌声。

客厅温暖的桔光灯下，李阿姨的脸圆圆的，红红的，笑吟吟。最美夕阳红，谁说不是呢！

◀ 江小雪系列

江小雪，你好

他脚步沉重、漫无目的地游荡着。有个染黄头发的美女，噔噔噔，从身后赶上来。那人快要超过他时，向他挥挥手，微笑着说出五个字："江小雪，你好！"

他下意识举手回应："你好！"

并不是遇见的每个人，都会跟他打招呼。他默默地做了下统计，大概每十个人中，会有一个人跟他说："江小雪，你好！"

跟他打招呼的人中，同龄人居多。也有天性顽皮的小孩，打招呼前先嘻嘻笑两声。

"嘻嘻，江小雪，你好！"

"你好，小朋友！呵呵。"不知不觉，他也笑出声来。

就这样一路走着，他不觉得越走越累，反觉得越走脚步越轻快。

他姓陈名翔，名字跟江小雪既不沾亲也不带故。"江小雪，你好！"是他出门前,用蓝色水笔顺手写在白T恤后背上的几个字。

江小雪是谁

"江小雪,你好! "一张好看的鹅蛋脸,边说话边靠近陈翔。眼睛大,鼻梁挺,嘴唇艳。黑发如瀑,笑靥如花。

"你好! "陈翔看着她,微笑着回应。

"你叫江小雪? "她瞪大眼睛,巧笑倩兮,抬高的左手弯曲着,前伸的食指指向陈翔后背上的字。

陈翔点点头,又摇摇头。

她也摇摇头。"我就说嘛,你一个牛高马大的男人,怎么会叫江小雪哩! 我猜啊,江小雪是你心上人,所以你才把她的名字写在衣服上,你希望她好,恨不得全世界都知道。她可真幸福啦! "

"哈哈,你想象力真丰富! "

江小雪,我爱你

新的一天,阳光灿烂。陈翔出门前,在一件新的 T 恤后背上挥笔又写下几个字。

一会后,陈翔穿着这件 T 恤穿行在大街小巷。一路上,许许多多人对他报之以欢快的笑颜。好几个小伙子从后面快步赶上他,有的使劲鼓掌,有的对他直竖大拇指。

"大哥,你真行! 来,我们一起给你加油,一、二、三,江小雪,我爱你! "

嘻嘻哈哈,由近而远。陈翔不气不恼。

好几次，一阵欢快的高跟鞋敲击路面的乐声响过之后，几个女孩子边青睐他，边掩嘴而笑。红霞飞落在女孩们的脸上，女孩们一个个变得娇羞而美丽。

"嗨，怎么又是江小雪，怎么又是你？"好看的鹅蛋脸，眼睛大，鼻梁挺，嘴唇艳，黑发如瀑。这次，女孩似乎有些不高兴，但很容易看出，她表里不一，不是真怒，是嗔怪。

"这么说，我们有缘啰……"他拉长声音，回答她。

"还有缘，有你个鬼，老姐都快被你气疯了！"她狠狠剜一眼他。

"此话怎讲？"他挠挠头，微笑着面对她。

"我就叫江小雪。这些天，你的天才创意文化衫闹得满城风雨。认识我的人，都说有个神经病在追我。"

"这样啊，那真对不起！"陈翔边说边向江小雪弯腰鞠躬。

"我不要你赔礼道歉。说吧，怎样补救？"她又剜一眼陈翔。

"我也不像神经病嘛！走，我请你喝茶。"

"这还差不多。"

江小雪，我网名

陈翔和江小雪并排走进茶餐厅。走向包间时，跟在他们后面的服务员小妹一路捂嘴偷笑。

"江小雪，我爱你。"小妹看着陈翔后背上的字，嘴唇翕动着，不小心念出声来。江小雪听到了，甜甜地笑着，跟她点了点头。

幽雅的茶餐厅包间里，江小雪接了一个不合时宜的电话。不合时宜不说，江小雪还点了免提。

"喂，燕子，死哪去了？"

陈翔听得清清楚楚，明明白白。

"死你个丫头片子！姐我正在与心上人约会，别打扰！"江小雪说完，手指一划，电话断了。

"小燕子，穿花衣，为何要冒充江小雪？"陈翔唱起了歌，嗓音不赖。

"为何要冒充江小雪？我打听清楚了，你单身，没有女朋友。我是上帝特意派来消除你的寂寞的。再说，我也没有冒充嘛，几天前，我给自己改了个江小雪的网名。"

说完，燕子，不，江小雪，桌子下搞起了小动作，用了十分力气，一脚踢在陈翔的小腿上。陈翔痛并快乐着。

江小雪，把手给我

江小雪走在路上，突然崴了脚，差点一屁股坐到地上。

一只手飞速伸过来，江小雪吓得一哆嗦。抬头一看，原来是笑面佛陈翔。

江小雪忍痛直起身子，用力拍开陈翔的手。

"讨厌！笑笑笑，就知道笑！"

"我不笑咋的？也像你一样烂着张脸？我又没崴脚。"

"你就不该在错误的时间、错误的地点出现！看我出丑，幸灾乐祸，什么人嘛！"

"老天做证，我可是一直跟踪着你，好不容易才等到这个怜香惜玉的机会。"

"去你的！"江小雪的粉拳雨点般落在陈翔的身上。

陈翔不躲不闪，呵呵笑着，慢慢转过身。

"江小雪，把手给我！"陈翔衣服后背上的字，又更新了。

江小雪看着那句话，差点笑出声来。她赶紧用手捂住嘴巴，歪着身子勉强向前走了两小步后，终于把一只手伸向陈翔。

后来的一天，江小雪对陈翔说，傻瓜，你有时候还蛮可爱的。记得我们第一次牵手那天吗？哈哈，我崴脚是故意的。我早就看到你鬼鬼祟祟跟在我屁股后面了。

哄我开心我就嫁给你

江小雪什么都好，唯一不太好的是，不爱笑。人家都说她是冰美人。

在自己穿的T恤上题字上了瘾的陈翔，这天突然来了灵感，他趁江小雪不注意，在她的T恤上也悄悄地题了几个字。

江小雪穿着陈翔题了字的T恤走在大街上。慢慢地，她发现从身后赶上来的路人，回头率特别高。这些回头的路人，一个个笑眯了眼，开心得很。

江小雪莫名其妙。冲她笑的人多了，她也受了感染，脸上的冰一点点融化，走起路来像跳舞。

江小雪回到合租房，再见陈翔时，蹦蹦跳跳，一脸开心地笑。晚上，江小雪洁身换衣，猛然看到褪下来的草绿色T恤上，写有几个深绿色大字：哄我开心我就嫁给你。

"陈翔你个死人头！"江小雪把浴室的门打开一条缝，对着陈翔住的房间喊，"想娶我，除非你天天让我开心！"

桑葚酸，桑葚苦系列

桑葚酸，桑葚苦

艳妮和奇峰悄悄甩开各自奶奶的唠叨，到村子靠背的山里去。他们初中就要毕业了。高中是考不上的，读技校吧，还早着哩。

林子边，奇峰有了惊喜的发现——一棵桑树，一棵树干碗口粗、结了不少绿桑葚的高高的桑树。

奇峰用力捏捏艳妮的手，看一眼她，对着桑树努嘴。

“啊，我要吃，我要吃！”艳妮边说边跳跃着，在奇峰脸上啄了一口。

奇峰吃了一惊，定定地看着艳妮。

“看什么看，等你回报！”艳妮瞪他一眼，捂着嘴笑。

“这桑葚，还没熟哩。”奇峰红了脸。

“我就要吃嘛！”艳妮噘嘴。

奇峰猴子一样利索地爬上桑树。他很快摘下一朵个大的桑葚，扔给艳妮，看着她急不可待地把桑葚送进口里。

"酸……不过我喜欢！"艳妮嘶嘶吸气，笑靥如花。

奇峰接着往高处攀。高处当阳，桑葚一定熟得快。

奇峰又摘了一朵带点黄的桑葚，扔给艳妮。

"还是酸……还苦……"艳妮嘶嘶吸气，皱眉。

奇峰继续往高处攀。高处桑树的枝条已经很细了，奇峰的身体摇摇晃晃。

"啊，危险，快……"

艳妮的话还没说完，先是树枝咔嚓响，接着砰的一声。

奇峰躺在地上，一动不动。

"峰，你没事吧，你别吓我！"艳妮哭喊着，跪下去。

都还是孩子

雪白的墙。飘来飘去的白大褂，白帽子。

艳妮嘤嘤抽泣声，搅动着陪护室半凝固的白色空气。

一声叹息，奇峰奶奶一声粗重的叹息，撞在艳妮的耳鼓上，嗡嗡响。

艳妮浑身战栗了一下。

都是我的错，都是我的错！艳妮边抽泣边诉说。

我不该要他陪我去山上玩……

我不该……不该要吃桑葚……

桑葚还没熟哩……

峰刚爬上树……我就应该叫他下来的……他就不会摔坏了……

奇峰奶奶的胸膛剧烈地起伏着。

孩子，别说了，孩子……唉……你们都还是孩子啊！

可怜的孩子……唉……

峰真有个三长两短，我……我也不活了！

奇峰奶奶看一眼艳妮，扭转脸去。她抬起手，用力擦了擦左眼，又擦了擦右眼。

假如奇峰说谎

对方的电话不知挂多久了，王老师的手机还贴着耳朵。

学生奇峰从树上掉下来，伤得很严重。可怜的孩子！

王老师的额头汩汩冒着汗。她正担忧着奇峰的安危，身体突然打了个寒战。她想起来，就在不久前，新闻里一件类似的事发生后，家长向班主任索要巨额赔款。这还不算，微信朋友圈说班主任老师无良的帖子，一夜之间铺天盖地。最后倒霉的班主任不堪重压，竟跳了楼，以死洗刷自己的清白。想到这里，王老师脑袋里一片空白。

不做亏心事，不怕鬼敲门。王老师好不容易才安抚好因刚才这通电话冲击而罢工的大脑，使它重新开始工作。

今天是星期几？

星期天！谢天谢地，对，是星期天。学生放假在野外发生的事故，与我这个班主任老师有何关系？

王老师深吸一口气，再徐徐吐出。

很快，王老师举起拳头，在头上重重敲了两下。真有这么简单吗？

最近有批评过奇峰吗？

奇峰会不会把失足说成是受不了老师的侮辱，不想活了？

好在，王老师确信，最近没有批评过奇峰，连半句侮辱他的话也没说过，这些，其他学生都可以做证的。但是，假如奇峰说谎，说老师单独找他谈过话，那他外出打工的父母赶回来后，会相信他的话吗？

快！

地铁上，铁柱站起又坐下，坐下又站起。

铁柱的脑子里只有一个字：快！有人踩了他的脚，他不晓得疼，跟他说对不起，他听不到。

快！

地铁终于进了高铁站。

快！

铁柱第一个冲出地铁门。一粒出膛的子弹，擦过一位时髦女士飘扬的长发。

神经病！时髦女士咬牙说出三个字，还想狠狠剜一眼铁柱，铁柱已经在她眼前消失了。

铁柱终于上了高铁。

铁柱第一次坐高铁，觉得高铁一点也不快。

快！不要停。

高铁司机不听铁柱的指令，沿途走走停停。

第四辑 谢炬梦书

眼不见心不烦。铁柱双手捂住脸。很快，左右手同时从脸颊滑落，合在一起。合在一起的手掌上下移动，铁柱祈祷又祈祷：老天保佑，峰儿大难不死。

快！

高铁终于进了终点站。

快！

铁柱第一个冲进高铁站开往县城的大巴。

快！

铁柱终于汗流浃背气喘吁吁来到奇峰的病床前。

"爸……"奇峰哽咽着。

"你……你怎么还活着！"

铁柱的怒吼，惊得病床顶上的日光灯一闪一闪。

孩子需要人疼

铁柱弓着腰，身体前倾，右手巴掌高高扬起划着弧线直扑目标。

躺在病床上的奇峰一动不动，连眼睛也不眨。

铁柱快速运动的巴掌在半途来了个急刹。脸上的汗水雨点般往下滴。双腿颤抖，眼看就要支撑不住壮实的身躯。峰奶奶急忙颤巍巍站起来，把自己坐的椅子塞到铁柱屁股下。

"孩子……孩子可怜……"峰奶奶语音颤抖。

"唉！书不好好读，你上山去摘桑葚干吗？摔丢了小命，你不是让我和你妈白养你这么多年吗？"铁柱握掌成拳，把胸膛擂得嗵嗵响。

奇峰不说话。眼珠在眼泪的汪洋里，如两座黑色的孤岛。他永远不会告诉任何人，他不是不小心从高高的桑葚树上摔下来的，他是自己从高高的桑葚树上故意掉下来的。他只是想吓吓艳妮。他原本是有把握不受伤的，就算受伤也不会很严重。如果受了不轻不重的伤，也是他所期待的。那样的话，他相信他的爸爸妈妈就可以回来看他了。上树前，艳妮突然亲了他。艳妮这种大胆的举动，带给奇峰内心的惶恐远大于甜蜜。他不知道自己接下来该怎么办。

树下厚厚的落叶把一块大石头掩藏起来。奇峰掉落在石头上，才受了这么大的伤。这实在是个意外。

"孩子需要人疼……你们两口子……长年在外……我……老了！"峰奶奶边说边拭眼泪。

◀ 兄妹打工故事系列

开开门

1981 年。黑黑的秋夜。黑黑的海湾。天上依稀几颗星。

一个波浪打在邱生身上。又一个波浪打在邱生身上。

邱生好水性。为这次渡海，他已在家附近的水库练习了两年。一个个波浪的打击，都被他轻松化解。

游久了，累是肯定的。

阿妈，等着我！阿才会帮我的忙。我很快就能在香港找到工作，很快就能挣到许多钱，让您过上好日子。

阿妹，等着我！哥很快就能寄钱回家，让你每天吃得饱饱的，还有花衣服穿，也不用再担心没钱上学。

阿生，最累你也要咬牙挺住！阿爸不在了，你就是阿妈的依靠，就是阿妹的依靠！

游，快游！

右前方出现了一点灯光。光的温暖迅速传到邱生身上。他刚吐出一口长气，立即又有股冰冷的寒气从心底往上冒。灯光快速向他移来。坏了，一定是边防快艇上的灯光！

邱生屏声静气，手臂不再划动。快艇就要到身边时，他深吸一口气，缓缓沉入水底。

谢天谢地！快艇上的战士没有发现邱生。

邱生从水里再次冒出脑袋时，快艇离他已经很远了。可是，天空的几颗星星不知何时已被黑云遮挡。哪里是香港？邱生在水里团团转。

管不得那么多了。游，往前游，使劲游！

前方终于有了几点灯光。皇天有眼啊，一定是香港！

邱生踉踉跄跄爬上岸，倒在岸边的沙滩上。

十多分钟后，累得要死的邱生才缓过气来。他轻手轻脚摸索着来到一栋亮着灯的房屋前，怯怯地敲响房门。

谁？

行行好，请开开门。我是大陆来的，借我电话给堂兄报个信。

快回吧，这里是南城！

啊！邱生的双腿颤抖着，跪了下去。

我们也会富裕起来

蚊子，一百只蚊子，一千只蚊子，几乎要把邱生身上的血吸光。

邱生太累了，沉沉睡去，一点知觉也没有。

东边的天空现出鱼肚白。"吱呀"一声，门开了。一个身材魁梧的中年人跨出屋子。

中年人差点踩到歪倒在屋檐下的邱生。他蹲下去，轻轻拍了拍邱生的肩膀。

邱生醒了，迷蒙的睡眼定定地看了中年人好一会儿，突然一个激灵，猛地坐起来。

"别……"邱生双手捂了半边脸，骨碌着眼睛四下打量。

"老乡，别害怕，出来寻活路的吧？我也是，跟我住同一个屋子里的几十号人都是！"

委屈如一股在地下压抑了太久的泉水，自邱生的心底喷涌而出。他把头埋进裤裆，呜呜哭泣起来。

良久，中年人又轻轻拍拍邱生的肩膀。

"好了，男子汉有泪不轻弹！"

邱生止住哭泣，抬起头。

"快跟我进屋，把湿衣服换了。"

邱生摇摇头，站起来，迈开腿。

"知道改革开放了吧？你会什么？跟我们一起干，我们也会很快富裕起来，不必冒险游到对岸去！"中年人拉住邱生。

邱生站住，再次摇头。

"力气，力气你总有吧？这么年轻！你舍得花力气吗？"

邱生终于点了点头。

邱生一生中第一笔巨款

69.28元！一个月工资，居然这么多，比老家当民办教师的阿叔工资高一倍还不止！邱生做梦都没想到。

第一个月工资怎么花，邱生早就想好了。工资一到手，他就还了王队长 3 元账。王队长是好人啊，大好人！不但在他危难时刻收留了他，还借钱给他买毛巾、牙膏、牙刷等日用品。除了还账，邱生还花 0.5 元给王队长买了一包好烟。做人可不能忘本。

现在，邱生的口袋里还剩下 65.78 元。二十岁的邱生口袋里从来没有装过这么多钱，从来没有过！建筑队放假半天，邱生脚踩风火轮赶往邮局，他要把收获的喜悦，快快跟阿妈分享，跟阿妹分享。

钞票没有翅膀，但邱生怕它们突然长出翅膀，绝情地与他不辞而别。每走两步，他就用手使劲摸摸裤子口袋。

邮局终于到了。邱生从口袋里掏出钱，再细数一遍。没错，还是 65.78 元，一分没少。

汗湿的手又把钞票塞进裤子口袋。

汇款单填好，邱生伸手掏钱。

"啊！"邱生一声惊叫。口袋里的钱不见了！

邱生回头。长头发，喇叭裤，蛤蟆镜。排在邱生后面的，是一个跟他年龄差不多的青年。这个青年可比他长得壮实多了。

愤怒壮了邱生的胆。他猛一转身，就要扑向长头发。

长头发稳稳地站立着，用手轻轻指了指邱生脚下。

一把钞票，安静地躺在地面上。

邱生飞快地弯腰捡起钞票，一张一张细数，65.78 元，一分不多，一分不少。

邱生想起来，他的长裤靠近口袋的位置，早就破了一个口子。

他刚才肯定是把钱塞错了地方。

好险啦!

深夜尖叫的女孩

快十一点了,邱生还独自在马路上散步。说独自,或许不恰当,有月亮陪着他。他走,月亮走。他停,月亮停。

邱生走走停停,停停走走。一长段路,隐在身后。

"呀!"一声尖叫,女孩的尖叫,撕破了寂静的夜空。

"哎呀!"又一声尖叫,女孩的尖叫,再次撕破了寂静的夜空。

有坏蛋?

邱生打了个寒战。倒不是邱生胆小如鼠,两年前,泗水偷渡的事他都敢干。

南城的冬天,有那么几天,也一样冷死人。

邱生二十三岁了。二十三岁,在老家,家境好的,早已结婚生娃。

阿妈担心着他。阿妈也想早日抱孙子,却无能为力,只是一次次要邱生自己使劲,寻个老婆回去。

前面,果真有坏人在欺侮女孩吗?

我该不该出手相救?

英雄救美,她会感谢我吗?

……

来不及细想,邱生变慢步为急走,变急走为猛跑。朝着尖叫发出的方向,冲!

"呀！"又是一声尖叫，女孩的尖叫。

不对啊，尖叫声怎么是从灯火明亮的玩具厂宿舍传来的？宿舍里住了几百人，不见聚集喧闹，不会有事。

"这么冷的天，每天晚上加班到十一二点不说，还不给我们热水洗澡。唉，打工妹命苦啊！"

邱生在玩具厂宿舍门口，依稀听到手里提着塑料桶的一个女孩对另一个女孩说。

邱生一屁股坐在马路牙子上。刚才跑得急，累坏了。

风萧萧兮南溪寒

阿妹初中毕业了。

阿妹没有考上高中。阿哥为她惋惜，阿妈为她惋惜，老师为她惋惜，整个南溪冲的人都为她惋惜。

阿妹不为自己惋惜。阿妹的泪早就流过了，阿妹心里的痛早就过去了。阿妹故意交白卷，让自己考不上高中，有什么好惋惜的呢？

现在阿妹心里只有一个想法：去南城打工，挣了钱，帮阿妈治病，帮阿哥成家。

阿哥已经二十五岁。阿哥在南城打工快五年了。五年里，阿哥挣到的所有钱，几乎都寄回了家，供身体羸弱的妈妈支撑起风雨飘摇的家，供她上学。二十五岁的阿哥，早就该成家了。

阿妹出门打工前，还有许多事要做。帮阿妈侍弄好家里的两亩瘦地，给阿妈准备好足够多烧饭的柴火，给阿妈采了一年也熬不完的治胃病的草药。

夏天过,秋风起。阿妹终于要动身出远门了。

阿妹临出门前,阿妈去村子里串了几回门。阿妹把衣物往蛇皮袋子里装的时候,阿妈死死拉住阿妹的手,不让装。

阿妹,不要去了,留在家里,留在阿妈身边,好吗?阿妈眼里噙着泪。

阿妈,怎么了?不是早就说好的吗?阿妹的眼里噙着泪。

南城,紧挨着香港哩,他们都说那里是花花世界,他们都说女孩去了那里容易学坏……

阿妈!您是为这个担心啊?别人不相信,您还不相信您的女儿吗?

阿妹第一个从床底下钻出来

一屋子老乡。一屋子笑声。

"快躲,治安员来了!"

一屋子笑声瞬间凝固。

哪里躲?进出老屋的小巷已被治安员封死。

阿妹才来南城四天。阿妹还没有完全清楚身上没有暂住证会吃怎样的亏。

也就是几秒钟时间,屋子里几个没暂住证的人,男的,女的,除了阿妹,都麻利地钻到床下面去了。

"快,你也钻进去!"邱生用力推了下阿妹。

床下已塞满了人的身体。躬下身的阿妹还在犹豫,床下伸出一只手，箍住她的腰，使劲往里面挤。

邱生和另外两个身上带有暂住证的老乡，坐在床沿上，又有说有笑起来。

治安员查完证件走了。

阿妹第一个从床底下钻出来。阿妹的脸庞出奇的红。

紧随阿妹钻出床底的是一个中年男老乡。后面又有一个女老乡，一个男老乡。

阿妹低着头，捂了脸，冲进厕所。

阿妹才十六岁。阿妹第一次与男人的身体挨得那么紧。

你那把水果刀，我买了

阿妹手里握着一个精致的坤包，坐在公园的长凳上。坤包是一个老乡给她的，方便她放找工作必需的证件。坤包看起来很精致，其实质地很差，是地摊上的便宜货。

阿妹走累了，歇一会。

"嗨，小妹，你是哪里人？"

长凳的另一头，什么时候落座了一个大男孩，阿妹居然不知道。大男孩突然开口，阿妹吃了一惊。

大男孩微笑着问阿妹，声音听起来很友善。

"湖南。"阿妹看着大男孩，也微笑着回答。

大男孩一连挪了几下屁股。凳子上，阿妹和他之间的空隙，渐渐被挪掉了。

大男孩原来伸进裤袋里的一只手，抽了出来，同时抽出来的，还有一把亮晃晃的水果刀。

"啊！"阿妹轻轻地叫了一声，赶紧捂住嘴。

"别叫！我只要钱，把包给我！"

阿妹顺从地递给大男孩坤包。

前方十米开外，出现了两个穿制服巡逻的治安员。阿妹和大男孩几乎同时看到了。

大男孩的身体战栗了一下，脸唰地变成苍白。

"刚才……开……开玩笑，包还给你。"大男孩小声说着，递还阿妹坤包，站起来就走。

"等一下。"阿妹拉开坤包，从里面取出五元钱，"你那把水果刀，我买了！"

大男孩迟疑了一下，接过阿妹递给他的钱，同时把他的水果刀递给阿妹。

"谢谢你！"大男孩向阿妹鞠了一躬。

阿妹在信中说

阿红说，我说不舒服，不想加班，阿妹说，姐，不去加班要算旷工的，要扣很多钱，我替你加吧。

阿红说，该死的老板，就是不听消防队的话，几十条人命啊！

阿红说，我这条命是阿妹换来的，以后我就是阿妈的阿妹。

阿红说，阿妹真是个体贴善良的好女孩。

阿红说，我陪你送阿妹回家吧。

邱生松开抱着后脑勺的双手。双膝下跪，仰天长啸：阿妹……

阿妹在信中说，阿哥，我跟阿红姐经常说起你，还把你的照片给她看了。

　　阿妹在信中说，阿哥，阿红姐说喜欢你这样的人。

　　阿妹在信中说，阿哥，阿红姐真是个体贴善良的好女孩。

　　阿妹在信中说，阿哥，元旦节，你到我们这边来，我们一起吃个饭，我要给你做个媒。

　　阿妹在信中说，阿哥，阿妈老早就盼着抱孙子哩！

◀ 故乡人物系列

扁 桶

　　雪峰山下，我们老家，过去装米用的木桶，两尺来高，面和底都是椭圆形。整个桶看起来扁扁的，人们便称呼为扁桶。

　　接下来说的，是一个外号"扁桶"的男孩。男孩从娘肚子里出生时，脑袋太大，出来很不顺利。最后总算出来了，脑壳自上而下，居然给他娘那生命之门给夹得扁扁的。

　　扁桶这个外号，是哪个调皮鬼给男孩起的，现在已无从考证。小男孩娘开始很反感这个外号，谁叫不给谁好脸色。后来小男孩慢慢长大，会说话，会答应人，也就由不得她娘了。

　　"扁桶，扁桶！"有人老远就冲歪歪扭扭才学会走路的小男孩喊，一边夸张地吧唧着嘴巴，高扬着手拿的东西，"应啊，看，好吃的给你。"

　　"哎！"小男孩仰头，目光锁定那东西，立即脆脆的答应着，急急地奔向那人。

"扁桶，你真能干！"那人哈哈笑着，把手拿的萝卜、红薯、桃子、黄瓜什么的，掰下一点点，塞进小男孩嘴里。

总是吃不饱。小男孩快两岁了，个子还没有家里的米扁桶高。有一天，小男孩娘走亲戚，带回家一小包水果糖。小男孩娘弯腰把这包糖放进米扁桶一角后，就急急忙忙外出赶工了。

小男孩娘赶工回来，准备淘米煮饭时，才发现小男孩一头栽进米扁桶里，一动不动。米扁桶已快见底，对小男孩来说是恐怖的深渊。

小男孩在人世间还不到两年。老家许多如今已上了年纪的人，跟我一样，都已不记得他的大名，只记得他的外号叫扁桶。

偏 子

偏子大名光宗。光宗光宗，光祖耀宗。这个名字好啊！只可惜，光宗这名，一直被偏子这个外号欺压着，翻不得身。

怪谁呢？谁也别怪。偏子才几个月大，头就竖不直，总往左边偏。只怪他自己太顽皮，在娘胎里就顽皮，结果颈椎发育歪了。

歪脑袋生歪主意，偏子打小淘气。"三天不打，上房揭瓦"，在人山村里，说的就是他。偏偏那个偏偏，偏子爹和娘对这个坏了坯子的儿子都心软得很，不舍得打。偏子也就越来越无法无天。

偏子八岁那年的一天，人生来了个大转折。那天早上，大山村的四瘸子，一瘸一拐，好不容易从两里开外的一方甜水井里挑了大半担甜井水，眼看着就要到家门口了。偏子突然从巷弄里拐出来，弯腰从地上抓起一把泥灰，顺手撒在四瘸子的水桶里。

四瘸子那个气啊，猛地墩下水桶，一把捞起还在扬扬得意的偏子。

四瘸子刚扬起巴掌，只听到"啪"的一声响。闯了祸的偏子，自己给自己狠狠扇了一耳光。接着"咯噔"一声，偏子的头居然周正了。吓傻了的偏子摸摸脑袋，又扭扭脖子，等明白过来后，哇的一声大哭。他不是因为疼痛大哭，而是喜极而泣——他终于可以不被伙伴们偏子偏子叫到死了。

偏子从一个残疾人变成正常人以后，性情大变，学习也格外努力。后来，脑瓜子原本就灵光的偏子，成了大山村走出去的第一个大学生，果真光祖耀宗了。

四瘸子

四瘸子大名光德。光德十岁时出了意外，左小腿断了。缺医少药，慢慢地，他就右腿长左腿短了。四瘸子这个名也就越来越响，响到几乎所有的村里人都忘记了他的大名。

四瘸子到了娶婆娘的年龄，没有哪个媒人上门提亲。四瘸子的老娘于是放话，聋子哑巴都行。

聋子哑巴也没有愿意的。女人珍贵哩，谁愿意跟一个瘸子过一辈子？

四瘸子不死心。趁着年轻，他学了一门手艺，又学一门手艺。四瘸子想通过手艺挣钱。有了钱，娶婆娘就不那么难了。可是，这些过了气的民间手艺，来钱并不像他预期的快。一晃四十岁了，四瘸子还是光棍一条。

四瘸子三十八岁那年，一次交通事故，邻居田嫂的男人没了。田嫂无儿无女。年轻时子宫出血，止不住，不得已摘除。

三十出头的田嫂，再嫁人，仍然抢手。两年里，媒婆踏破了她家的门槛。每次有媒婆上门，四瘸子就紧张，就要找借口去田嫂家串门，帮忙做这做那。

许多时候，田嫂并不领四瘸子的情，笑着骂他多事。

一个雨天，田嫂屋顶漏水。她的哎呀声惊动了四瘸子。四瘸子二话没说，架起梯子就要上屋。四瘸子刚迈脚，梯子一歪。田嫂赶紧来扶。迟了，人随梯倒。说巧也真巧，四瘸子刚好压在田嫂身上。好在，四瘸子人瘦，田嫂受得了。

正当四瘸子挣扎着要爬起来时，田嫂却箍紧了他。

"光德，你嫌弃我？"田嫂死死瞪着四瘸子，脸色潮红，喃喃说着。

四瘸子不挣扎了。一条小船，在微波中荡漾。

二癞子

二癞子年轻的时候，喜欢用字谜考同伴三顺。那时穷啊，整个村子的人，没几个进过学堂门。二癞子家里有几亩水田，算是富裕人家。他便成了幸运儿，进到镇上的书院，喝了两年墨水。

"四四方方一座城，里面住着十万兵，派出八万去打仗，留下二万来守城"，么个字？二癞子嘴巴朝天，问三顺。

三顺斗大的字不识一个。除了摇头还是摇头。那时，他跟二癞子都还只有十多岁。

"笨蛋！"二癞子扬起手，送给三顺两个大大的毛栗子。

几年后，社会大变。二癞子家和三顺家，境况倒了个。

积习难改，这天，二癞子又给三顺出了个谜面："四四方方一座城，城里关着一个人。"这回，二癞子说话没有嘴巴朝天。说完谜面，他又用讨好的语气说，"顺哥，猜吧，这个字简单。"

三顺狠狠瞪了二癞子一眼，抬脚用力踢在二癞子屁股上。"关……关你个二癞子！"

"不……不对，关的是人。"二癞子踉跄着，手捂屁股，语无伦次。

"关的就是你！"三顺咬牙切齿地说。